恋愛ミステリー

# ふたたびの虹

柴田よしき



祥伝社文庫

# 目次

# 聖夜の憂《ゆう》鬱《うつ》
Christmas Blue

ばんざい屋の十二月

# 1

その店はとても小さくて、しかもわかりにくいところにあった上に、これまで一度も雑誌の類《たぐい》に紹介されたことはなかった。だからどうしても常連客が多くなり、毎夜のカウンターの顔触れは時間ごとにだいたい同じになる。だが、それでもけっして、初めての客が不愉快になるような、あの、顔馴染《なじ》みだけに親切なある種の排他的な雰囲気は漂《ただよ》っていない。生来《せいらい》無口な性分《しょうぶん》なのか、笑顔が穏《おだ》やかな女将《おかみ》はいつも、ひとりで自分の仕事に没頭し、客が話しかけてもたいがい、にこにこしながら頷《うなず》くだけだった。その為《ため》その店に集まる客は自然と、陽気にはしゃぎながら酒を飲む連中ではなくて、ひとりでちびりちびりとやるのが好きな人間か、あるいは昼間の仕事で喋《しゃべ》り疲れて、プライベートな時間くらいは静かにしていたいと考えるような人間になる。そのおかげで、かなり遅い時間になっても、酔客と呼べるような少し危《あぶ》ない感じの客はおらず、見知らぬ客にしつこく話しかけて自分だけ楽しんでいるような迷惑な客もほとんど見当たらない。

この店のカウンターにはいくつかの大皿が置かれ、その上には、毎朝女将が自ら築地《つきじ》で仕入れて来た旬《しゅん》の素材が京風の「おばんざい」に調理されて盛られている。

おばんざい、とは、京都の庶民のおかずのこと。昔から節約を最大の美徳のひとつとしていた京都では、毎日の食事に余分な金や労力を掛けることを避け、数種類の質素なおばんざいを、何日には何を食べる、といった決まりごとまで作ってローテーション感覚で食卓に並べて来た。旬の素材というのは、今でこそ何やら贅沢《ぜいたく》な響きを持つ言葉になってしまったが、昔で考えればその季節にいちばん安く簡単に手に入れられる食材のことである。「おばんざい」は、そうしたその季節にもっともありふれた材料と、普段から台所に常備されている乾物《かんぶつ》や保存食を組み合わせて作られる。そして、いつも同じ味付け、同じ調理法であること、これが重要だった。食べる側からすれば、数種類しかないおかずをローテーションで食べさせられては飽きてしまい、楽しみがない、ということになるのだが、かつての京都人にとっては、食で「楽しむ」ことそのものが大きな贅沢であり、特別な時にしか許されないことだったのだ。普段の食事に大切なことは、質素で無駄がなく、そして作る人間が余計な神経、余計な労力を使わなくてもいいことである。家をあずかる女にとって、月の何日は何を食べる、と慣習的に決まっている京都の食生活は、いちばん面倒な「メニューを考える」作業が不要で、しかも前日から手順良く準備が出来る、とても合理的なものだったと言える。

だが現在では、大部分の京都人たちはもっと自由に食生活を楽しむようになり、おばんざいはメインのおかずの座を下りて、もっぱら副菜として食べられるようになった。

この店でも、大皿に盛られたおばんざいはあくまで脇役で、その日のおすすめは毎日女将の毛筆で和紙に書かれて貼《は》り出されている。だが客たちはやはり、女将の作る「いつも同じ味」のおばんざいを食べたくて、ついついこの店に通ってしまっているようだった。

なぜなら、この店のおばんざいは、白いご飯が欲しくなる味だったからだ。一般に京料理は薄味だと思われているが、庶民のおかずであったおばんざいについて言えば、むしろ多少濃い、しょっぱい味が基本である。そして東京では、そうした本来のおばんざいの味に出会えることはなかなかない。薄くてぼんやりした味に仕上げたほうがより京都らしいと客にウケるし、ダイエットブームで白いご飯をたくさん食べてしまうような味は敬遠される。だから初顔の客がこの店で女将のおばんざいをひとくち食べると、皆一様に「おや?」という顔になる。だがその「おや?」は、どちらかと言えば嬉《うれ》しい「おや?」であることが多い。何となく懐《なつ》かしい味、昔どこかで食べたような味、そして、お酒を飲まずにいきなりご飯を注文しても許される味。

こうして、女将のおばんざいに惹《ひ》かれて通って来る客は、次第に、他の店では珍しい、女性のひとり客が増えていった。アパートの近くの定食屋は男性客ばかりで入りづらいし、洒落《しゃれ》たレストランではひとりが淋《さび》しい。かと言って、買い物をして料理を作って食べて後かたづけするには疲れ過ぎた。そんなひとり身の働く女性たちにとって、毎日でも気軽に通えて、ご飯がすすむおかずがあって、酒を口にしなくても構《かま》わない上に、特に誰とも話をしなくても気まずくならないこの店は、居心地の良い空間だったのだ。

この店の名は「ばんざい屋」。女将は、吉永《よしなが》という姓であることは知られていたが、客の誰も、その名前を知らない。

＊

長崎真奈美《ながさきまなみ》がばんざい屋に顔を見せるようになって、二カ月ほどになる。

最初はばんざい屋としては珍しく、飛び込みの客だった。会社の同僚の女性とばんざい屋の近くのカラオケスナックで歌っていて、帰りに小腹が空《す》いて、表の「ご飯、おかずいろいろあります」という小さな看板に惹かれて入って来たらしいのだが、三日後にはひとりで縄暖簾《なわのれん》をくぐって来た。

週に二度ほど、決まって午後も八時をだいぶ過ぎてから現われて、青菜の煮びたしとかぼちゃの煮物ははずさずに注文し、他に女将のおすすめを一品頼んでご飯を食べて帰って行く。残業帰りだということは、その疲れて少し青くなった顔色で察することが出来る。容姿端麗《ようしたんれい》とまではいかないが、大きな二重瞼《ふたえまぶた》と形の良いぽってりとした唇《くちびる》が印象的な、三十前後の女性だった。

今夜も、八時四十分になって真奈美は姿を見せた。

女将は真奈美の顔を見た時、あ、しまった、と思った。ついさっき、かぼちゃの煮物をすっかり皿からさらって別の客に出してしまったのだ。「なんきん売り切れました」と筆ペンで走り書きした札を、空《から》の皿の前に立てかけたばかりだった。何しろたったひとりで仕込みから接客までしているので、一品のおばんざいは大皿一杯作るのがやっと、売り切れたらおしまいである。特にどの客を贔屓《ひいき》するようなことはないが、真奈美がすぐに現われるとわかっていたら、ついでだとさっきの客に大盛りなどしないで、ひとくち分でも残しておいてあげたのだが。

真奈美はいつものようにカウンターの右端から三番目に座り、目の前の大皿をひとわたり見渡した。そして、好物のかぼちゃが売り切れているのを見つけると、明らかにがっかりした表情になった。だが、真奈美はすぐに瞬《まばた》きすると、もう一度ゆっくりと大皿を見渡した。もう一品の好物、青菜の煮びたしはまだ残っている。

「青菜と」

真奈美は言いかけて、不意に女将を見た。そしてどことなく照れたように微笑《ほほえ》んだ。

「ごめんなさい、今日は青菜、いいです」真奈美の声は小さくなった。「あの、今夜は少しだけ、お酒いただこうかなと」

「そうですか」女将は真奈美を安心させるように微笑んだ。「何にしましょう。ビールがいいですか」

「いいえ、あの、日本酒を。お冷《ひや》で」

女将は、真奈美の表情が少し気に掛かった。相変わらず残業の帰りなのだろう、疲れてはいるようだが、それだけではなく、その口元にどことなく翳《かげ》りがあるように感じたのだ。だが女将は小さく頷いて、「菊姫《きくひめ》でいいですか」とだけ訊《き》いた。真奈美はこくりと頷いた。

「おつまみは、何か召《め》し上がります？」

「あ、適当に見繕《みつくろ》ってください」

女将は、これまで真奈美が食べた料理を思い出しながら、真奈美の好みに合わせて小鉢を用意することにした。

真奈美の飲むピッチは心配するほど速いというわけではなかったが、それが幸福な酒ではないことは、長年の勘でわかった。そんな酒を始めさせてしまったきっかけが、ご飯の友にしていたかぼちゃが売り切れていたことだったのだと思うと、女将はその夜、真奈美がようやく御茶漬けを頼んで引き上げるまで、真奈美のことが妙に気になってしまった。

この、長崎真奈美という女性について、女将は本当にその名前しか正確には知らない。最初に現われた時に一緒だった同僚らしい女性が、長崎さん、真奈美ちゃん、と取り混ぜて呼んでいたせいで、フルネームを知っているだけだ。後はただ、この近所の会社に勤めるOLなのだろうということと、週に二度か三度は残業があり、結構ハードな仕事をしているようだ、ということが想像出来たくらいだった。

真奈美は午後十一時を過ぎてから帰って行った。今日は木曜日、まだ明日一日の仕事がある。明日の朝、起きるのが辛《つら》くないといいが、と女将は珍しく、客の明日の心配をしている自分に気付いていた。

2

ばんざい屋はオフィス街の片隅にあるせいで、週末になると客はまったく期待出来ない。女将は潔《いさぎよ》く、週末の二日間は休んでしまうことにしている。どうせひとりでやっている商売、店の賃料が払えて自分ひとり食べていかれる分が残れば、それ以上を望むつもりはなかった。

土曜日は疲れのせいで寝て過ごすことも多かったが、日曜になるとカレンダーを眺《なが》め、そこに書き込まれたフリーマーケットや骨董市《こっとういち》のスケジュールから適当なものを選ぶと、古《ふる》道具大きな紙袋を畳《たた》んで小脇に抱《かか》え、マンションを出る。女将の唯一と言える趣味が、古道具集めである。

日本では骨董と古道具のどちらもアンティークと呼ばれることが多いが、蚤《のみ》の市の本場フランスでは、百年以上を経て美術品としての価値も加わった骨董品、いわゆるアンティークと、それより新しい時代に作られた雑貨類、つまり古道具とは、厳密に区別されている。単に値段が違うということではなく、それぞれを好む人々が別個に存在していて、扱う専門家も違っている。女将が趣味にしているのは、この、ブロカントと呼ばれる古い雑貨類のほうだった。築二十年を超えたマンションの1LDKは、キッチンや風呂場に至るまで、女将が集めた種々雑多なブロカントで埋まっている。自宅だけでは収まり切らず、ばんざい屋の中にまでそれらの古道具は侵出しているのだが、女将が特に説明することはなかったので、ごく数名の客がそれに気付いている程度だ。だが実は、毎晩のおばんざいを盛り付けてある大皿も、客に出す染め付けの取り皿も、カウンターに置かれた楊枝《ようじ》入れ代わりの小さな器も、総《すべ》てが女将の収集品なのである。いずれも値段にしてみたら高くても一万円を超えることは滅多《めった》になく、大体は数百円からせいぜい千円札三枚でおつりが貰《もら》える程度のものだったが、それでも昭和の初期や大正の頃、たまには明治に作られた「自分よりずっと歳《とし》をとっている」皿や雑貨が、毎晩元気に働いている様《さま》を眺めているのは、女将のひそかな楽しみなのだ。

日曜日、女将は代々木《よよぎ》のフリーマーケットを覗《のぞ》いてみることにして、地下鉄に乗った。赤坂見附《あかさかみつけ》を過ぎたところで、混んだ車内の隅に長崎真奈美の姿を見つけた。真奈美は、どこかぼんやりとした様子で、車内広告の中吊りに視線を向けている。だが、その表情に、女将はハッとした。

そこには、小さな憎しみがあった。

真奈美の視線の先には、この季節になるとありふれた、赤と緑を基調にした派手な広告が下がっている。大手スーパーのクリスマスセールの広告だった。

真奈美はやがて、眉《まゆ》をきゅっと寄せて唇を噛《か》むと、広告から目をそらした。女将は落ち着かない気分で、真奈美が自分に気付いてくれるのを待った。自分のほうから立ち上がって彼女のそばに寄ってもいいのだが、真奈美が今、誰かに話しかけて欲しいと思っているのかどうか、女将にはわからなかったのだ。

だがほどなくして、真奈美は女将に気付いた。お互い、普段見慣れた服装とはずいぶん違っていたのだが、不思議とすぐにわかり合えた。

真奈美は軽く会釈《えしゃく》した。そしてそのまま、女将を見つめていた。女将は居心地が悪くなった。真奈美が、どうしようか迷っているのが感じられる。丁度《ちょうど》電車が次の駅に停車したところだった。たまたま、老齢の男性が女将の前に立った。女将は立ち上がり、男性に席を譲《ゆず》って、車内の人の流れに自然に合わせながら真奈美の方へと近づいた。すると、真奈美のほうもいい機会を捉《とら》えたという表情で、女将の方へ近づいて来た。

「女将さんのお洋服姿、初めてですね」

　真奈美は、インド綿のブラウスにジーンズ、フリースのジャケットという軽装の女将を楽しそうに見ていた。女将は少し照れて微笑んだ。

「着物はお店でしか着ないんですよ。うちではいつもこんな格好」

「でもお似合いです。女将さんって、京都の方だとばかり思っていたんですけど、言葉もこちらの感じだし、そうした姿だとすっかり東京の人ですね」

　女将はふふっと笑った。

「京都でもわたしぐらいの年代の女は、普段から着物なんて着ている人は少ないですよ、きっと。まあわたしは、こっちが長いですから、言葉も自然に、ね」

「お買い物ですか」

「ええ」女将は脇に抱えたままの紙袋にちらっと視線をやった。「フリーマーケットを覗こうと思って。わたし、雑貨を集めるのが好きなんです。それもわたしが子供の頃に作られたような、古ぼけたものを」

「そうじゃないかと思ってました！」真奈美ははしゃいだ声を出した。「お店にもたくさん置いてあるでしょう、お皿も何となく古いものじゃないかなって」

「気付いてくださったの。皆さんに使っていただいている取り皿は、昭和初期に作られた染め付け皿なんですよ。まあ骨董というほど古いものじゃないけど」

「あの、ご迷惑でなければ」真奈美は熱心な目で女将を見た。「あたしもご一緒していいですか。フリーマーケットって覗いたことがなくて、一度行ってみたかったんです」

「それはもちろんわたしは構いませんけど、でも長崎さん、ご予定があったんじゃないんですか」

「いいえ」

真奈美はまた、あの夜珍しく酒が飲みたいと言った時に見せた翳りのある口元になった。

「何も。ただ何となくアパートにいるのがつまらなくなって、ふらふら出て来ただけなんです。でも、この季節って鬱陶《うっとう》しいですね。どこもかしこも、クリスマスで」

真奈美は少し唇を尖《とが》らせた。

「関係ないはずですよね、普通の日本人には。キリスト教徒でもないのに。どうしてクリスマスだからって浮かれないとならないのかな」

「長崎さん、クリスマスがお嫌いなのね」

女将は冗談半分のつもりでそう言った。だが真奈美は、大きく頷いた。

「大嫌いです。あたし、クリスマスが近づくと憂鬱《ゆううつ》になるの。だっていい思い出なんてひとつもないんですもの」

女将はそれ以上、クリスマスの話をするのはやめて、フリーマーケットについて真奈美に聞かれるまま答えながら、目的の駅に到着するのを待った。だがその間中も、真奈美の言葉が気に掛かっていた。

リサイクルブームと不況下の節約ムードのせいかフリーマーケットはいつもながら盛況で、人が多くてじっくり見ていることが難しいほどだった。市民が出店するフリーマーケットでは、骨董市のようにプロが店を出すわけではないので、女将の眼鏡《めがね》にかなう雑貨類はあまり見つからない。だがそれでも、女将が子供の頃に流行《はや》っていたアニメのキャラクターが印刷された子供用の古いTシャツと、手作りらしい木製の小物入れを手に入れて、女将は満足して真奈美の買い物に付き合った。真奈美は丁度買おうと思っていたと言いながら、黄色いポップなお盆を百円で買って嬉しそうだった。

「楽しいですね」

真奈美はすっかり明るくなった笑顔で言った。

「ただ不要品を売っているだけなのに、どうしてこんなにわくわくするのかしら」

「どこかに宝物があるかもしれないって気になるからでしょうね、きっと」

女将は、Tシャツをひらひらさせた。

「これなんかもわたしにとっては宝物よ。このキャラクター、子供の頃に大好きだったの。もしかしたらわたしの初恋の相手だったのかも」

真奈美は笑った。

「でも、ちっちゃくて着られないですよね」

「ベッドに置いてあるぬいぐるみのクマに着せるわ。去年のホワイトデーにね、お客さんがプレゼントしてくださったのよ」

「あたし、来て良かった。ありがとうございました、連れて来てくださって。なんだか、気分がすっきりしちゃった。ほんとにいいですよね、この雰囲気」

「物が、人と人との間をゆっくりと回っている」

女将は、静かに呟《つぶや》いた。

「それがいいのね。物は大切に使えばとても長生きなのよ。たぶん、わたしたちよりずっと長く生きる。人から人へ、生活から生活へ。回りまわって、いろんな人生の中にいて、それで何かの偶然でわたしのところに来る。そしてまた、わたしが死んだら、誰かのところへ。古ぼけた物を見ているとね、いったいこれはどんな人生を見て来たんだろう、どんな秘密を知っているんだろうって、不思議な気持ちになるの」

真奈美は、女将の言葉を聞きながら、何か訴えたそうな表情になった。女将は、そんな表情をしている人間を店でたくさん見て来たことを思い出した。誰かに聞いて貰いたいことを抱えた人間。話してしまわないと苦しくて仕方ないのに、話す勇気が持てない人たち。

「ちょっと歩き疲れたわ。長崎さん、良かったらどこかで、紅茶でも飲みません？」

女将の誘いに、真奈美はまた大きく頷いた。

3

「クリスマス・イヴの夜だったんです」

半分ほど紅茶を飲み終え、十五分も当たりさわりのない雑談をしてから、不意に真奈美が切り出した。

「父が殺されたのは」

女将は、衝撃を受けたが、黙って頷いた。

「会社から戻る途中、酔った男に絡《から》まれて電車のホームから落ちたんです。でもその男は泥酔していて自分のしたことを何も憶《おぼ》えていなくて、しかも、目撃者の証言から、その男が突き飛ばしたのではなく、父のほうが絡んだ男を振り切ろうとしてバランスを崩して勝手にホームから落ちたことになってしまって……男は何の罪にも問われませんでした。あたしが七歳の時です。父はあたしの為に、プレゼントを買っていたはずでした。約束していたんです。当時あたしが大切にしていた人形の、お部屋です。とても人気があって、クラスの友達はみんな持っていた。クリスマスには必ず買ってね、と約束したの。そして父の勤め先の人が、あの日、父が昼休みに、近くの玩具《がんぐ》店から赤い大きな箱を抱えて戻って来たことを憶えていたんです。それなのに」

真奈美はきつい眼差《まなざ》しになった。

「母が警察や国鉄の係員にいくらその話をしても、事故現場やその周辺に、そんな箱はなかったと言われてしまいました。電車に撥《は》ね飛ばされ、ちぎれてしまった父の遺体のそばにも、箱の破片やおもちゃのかけらなどはなかったと。けっこう大きなもので、たぶん、箱は四十センチ四方くらいになったと思います。それなのにどこにもないなんて……結論はひとつです。父がホームから落ちて電車に撥ねられ大騒ぎになっていたどさくさにまぎれて、誰かがホームに落ちていたその箱を持ち去ったんです。あたしの……父があたしの為に買ってくれたプレゼントを、誰かが盗んだんです！」

真奈美は、叫ぶように言うと、すぐに目を伏せた。その睫《まつげ》の先は細かく震《ふる》えている。

「あたし……今みたいな、日本のクリスマスなんて大嫌いです。ほんとはクリスマスって、キリストの生誕を祝う為のものでしょう？　キリストは救世主ですよね、世の中の、救われない人々を救う為に生まれたんですよね？　だったらクリスマスってほんとは、自分の幸せの為にあるんじゃなくて、他人の為に尽くす日にならなくちゃいけない、そう思うんです。なのにみんな、クリスマスには自分のことしか考えてない。自分たちだけ幸せなら他はどうでもいいって思ってる。目の前で死んだ人間からプレゼントを盗んで、きっとその泥棒は、その箱を誰かにあげたんだわ。自分の娘に、きっと！　みんなそうなのよ、みんな……クリスマスだからってバカみたいに浮かれて、贅沢なもの食べたり買ったり、自分の欲望を満たすだけ。あたしにとっては、あたしには……十二月二十四日は父の命日なんですよ。なのに世間は十二月二十四日に悲しみにくれている人間がいるなんてこと、そんなこと想像してみようともしない。クリスマスおめでとう、おめでとうって、無神経に……」

真奈美は大きな溜息《ためいき》をついた。

「ごめんなさい、あたし……わかっているんです。こんなこと言ったたって、周《まわ》りの人たちには言いがかりみたいなもんだってこと。毎年うちの会社ではボーナスが出ると課ごとに忘年会をするんですけど、あたしのいる課は十日から二十日ぐらいまでが忙しいので、他の課より遅れてクリスマスの近くにやるのが恒例になっています。それを今年は忘年会って呼ばずにクリスマス・パーティにしようっていう提案が出たんです。あたし、反対しました。でも反対したのはあたしだけでした。みんな変な顔をしていました。どうしてそんなことにこだわるのか、尋《たず》ねる人もいました。言えっこないですよね、そんな……みんなの気持ちを暗くしてしまうようなこと。なのに、わかった、去年のイヴに男にフラれたんだな、だからクリスマスが嫌いになったんだ、なんて冗談を言う上司がいて、みんなも笑って。あたしも笑いました。他にどうしようもなくて。でもどうしてみんなには、クリスマスに死ぬ人だっているんだという簡単なことが想像出来ないんだろうと思うと、なんだか悔しくて」

多分、あの日だったのだろう。会社での悔しさが、真奈美にひとり酒を飲ませたのだ。とてもおとなしい酒だったが、それでも、けっして幸せではない酒を。

女将は真奈美の空《あ》いたカップに、ポットから残りの紅茶を注いでやった。真奈美は抑え込んでいた悔しさを言葉にしてしまって落ち着いたのか、だいぶやわらかな顔になって、囁《ささや》くように続けた。

「ほんとは、それだけじゃないんです。クリスマスが嫌いなわけ」

真奈美は微笑んだ。だがその微笑みは、どことなく冷たかった。

「父は、浮気していました」

真奈美の言葉に、女将は再び驚き、思わず瞬きした。

「父の事故で、それが母にわかったんです。当時、あたしたちは両国《りょうごく》に住んでいました。父は新小岩《しんこいわ》に勤めていました。あの頃は黄色かった総武《そうぶ》線で、父は会社に通っていたんです。なのに父が死んだのは御茶《おちゃ》ノ水《みず》の駅のホームで、それも、下りの中央線快速を待っていたらしいと言われました。新宿や立川《たちかわ》の方へ向かう、オレンジ色の電車です……母も、調べるつもりはなかったと思います。もう父は死んでしまったのだし、今さら知りたくはないと。ですが、そういうことって、誰かが教えてくれるものなんですよね、親切ごかしに。父の七回忌の晩、中学生になっていたあたしに、母が言ったんです。もう今夜で、お父さんのこと思い出すのはよそうねって。そして、父が母を裏切っていたことを教えてくれました。父の愛人は荻窪《おぎくぼ》に住んでいたそうです。あのクリスマス・イヴの夜、あたしの為に買ったプレゼントを持ったまま、父はまずその女の家に行こうとしていたんです。あたしや母よりも先に、その女に、メリー・クリスマスと言いたくて」

真奈美の声が小さくなった。

「あたしは父が好きでした。だから父が帰って来るまで、ケーキも食べずに待っていました。母が先にご飯を食べてしまおうと誘っても、お父さんにメリー・クリスマスと言ってから食べる、と譲らなかったんです。それなのに父は、あたしよりも……父も、自分の幸せのことばかり考えていたんですね。母やあたしのことなんて二の次で。クリスマスはみんなそう。みんな、自分が楽しくなることばかり考えている。あたし、その時からメリー・クリスマスって誰かに言ったことはありません。友達にパーティに誘われても行きませんでした。これからもたぶん」

真奈美はようやく、胸のつかえが下りたのか、微笑みながら紅茶を飲み干した。

「長崎さん」

女将は、少しのあいだ黙って紅茶をすすってから、さり気なく訊いた。

「失礼なんですけど、長崎さんは、何年のお生まれ？」

「四十一年です」

「そう。お若いのね、羨《うらや》ましい」

真奈美はおかしそうに笑った。

「わあ、若いって言われたの、何年振りかしら。会社ではお局様《つぼね》ですよ、もう」

「わたしに比べたら若いですよ。もっとも、他の人間と歳を比較するほど愚《おろ》かなことはないんでしょうけど。自分の人生はしょせん自分だけのもの、誰に代わって貰うことも出来ないし、誰かと取り替えたりも出来ないんですものね。でもこうしてお互いの人生について打ち明け合うのも、何かの縁なんでしょう。長崎さんが話してくださったから、わたしも少しだけお話ししますね。わたしにもね、一年中でいちばん嫌いな日が、あるんですよ」

女将は微笑みながら、ごく小さな声で囁いた。

「それはね、母の日」

「母の、日……」

「そうなの。もうずいぶんと昔のことになるんだけど、わたし、自分の子供をなくしているんです。どうしてなくしたかは訊かないでくださいね」

　真奈美は、目を見開きながらこくりと頷いた。

「でも、不思議なことに、子供を失ったその日よりも母の日のほうが辛いんです、今でも。理由はいろいろあるんでしょうけど、つまりは長崎さんと同じなんでしょうね。世の中の人たちが、母であるのにけっしてカーネーションを貰えない女のことなんか、想像してくれもしない、そのことが悔しいんだと思います。身勝手な言い分だとわかっていても、カーネーションを受け取る幸せを持っているお母さんたちが、何だか憎らしく思えてしまうの。でもね、ようやく最近になって、少しは前向きに考えられるようになって来た気がします。一年はたった三百六十五日しかないのに、その中の貴重な一日を毎年暗い気持ちで過ごすなんて、とても損なことですものね。それでね、数年前から、母の日にはわたしの母親のお墓にお参りすることにしたんです。自分がカーネーションをあげる立場になってしまえば、素直に母の日が過ごせるような気がして。わたしにだって、お母さんはいたんですものね。白は寂《さび》しいから、赤やピンクのカーネーションをいっぱい持ってお墓参りするんです。そしてその日は夕方まで、母のお墓の前に座って、いろんなことを報告することにしているの。それを始めてから、あれほど憂鬱だった母の日が何となく待ち遠しくなってしまいました。五月の日曜日、お天気が良ければお墓はとてものんびりとしていいところだし」

真奈美は熱心に聞いていた。とても生真面目《きまじめ》な顔で。

女将は、真奈美自身も、どうにかして毎年のクリスマス・ブルーから解放されたいと思っていることを感じた。二十五年間付き合って来た憂鬱と別れたい、と願っていることを。

「ごめんなさい、余計なお喋りしてしまいました。気にしないでくださいね」

女将が言って軽く頭を下げた時、声がした。

「美鈴《みすず》さん？」

女将は振り返った。

「美鈴……さんでしょ？　ずいぶん久しぶりね。いつ日本に戻ったの？」

女将は素早く真奈美の顔を見て、それからぎこちない笑顔を作った。

「あの、失礼ですけれど、どなたかとお間違えではありませんか」

そう言われて、背の高い、鮮《あざ》やかなブルーのスーツを着た女性は、何度も瞬きしてからさっと頬《ほお》を赤くした。

「まあ！　ごめんなさい、友人と間違えてしまいました。あまりよく似ていらっしゃったものですから」

女性は頭を下げ、連れの男性と店を出て行った。

「世の中には、自分に似ている人が三人はいるそうね」

女将はそっと肩をすくめ、真奈美に笑顔を向けた。

4

女将は待っていた。良い返事が届くのを。

待つ間に、図書館に通って二十五年前の御茶ノ水駅での事故の記事を探した。そして、真奈美の父の名を見つけた。

真奈美とフリーマーケットを覗いた日から十日が過ぎて、ようやく清水《しみず》から電話がかかって来た。女将は、必要なことだけ告げると清水に総てを任せた。

＊

冬至《とうじ》の晩は、寒くなった。

女将はいつもより多めにかぼちゃを炊《た》いた。冬至の日に柚子《ゆず》湯に入り、かぼちゃを食べる習慣を、ばんざい屋の客のうちどのくらいが知っているのか、はなはだ怪《あや》しい気はしたが、それでもかぼちゃの鍋のご機嫌を伺《うかが》いながら、その夜だけのサービスに客に配る柚子の実を、ひとつずつ和紙で包んでいると、今日を境に少しずつ日が長くなっていくのだな、と思えて気分がひき立つ。寒さはこれからが本番でも、春は確実に近づいて来るのだ。

五時半に口切りの客が来て、それから割合早いペースでカウンターが埋まった。明日が祭日のせいだろう。不景気のどん底でボーナスも思わしくなく、常連の中にもとうとう失業してしまったという人もいて、師走《しわす》に入ってもどことなく沈みがちな晩が多かったが、さすがにクリスマス・イヴを目前にすると、会話にもわずかに華《はな》やかさが感じられる。そうした雰囲気に食欲も刺激されるのか、大皿のおばんざいは見る間に平らげられていった。用心して多めに炊いたかぼちゃも、どうやら売り切れてしまいそうだ。女将はいよいよあと二人分になったところで、そっと一人前だけ小鉢によそって取り分けた。あの晩以来、なぜか真奈美の為にそうする習慣になってしまっている。

休みの前日はいつも最後の客の尻が重く、閉店時間の十二時をだいぶ過ぎてからやっと、女将は縄暖簾を仕舞った。真奈美の為にとっておいたかぼちゃは明日の朝御飯にでも食べようか、と保存容器を棚から取り出したところへ、引き戸をカタカタと叩《たた》く音がした。

「女将さん」

真奈美の声がした。

「まだいらっしゃいますか?」

「はい」

女将が引き戸を開けると、大きな箱を抱えた真奈美が、泣き笑いのようなおかしな表情をしたまま立っていた。真奈美の髪が濡《ぬ》れているのは、入浴を済ませた直後だからだろう。化粧っけもない素顔に、この寒空に素足にサンダル履《ば》きだ。上着も着ずに、トレーナー一枚。

「タクシーで来たんですか。その格好じゃ冷えますよ。さ、中へどうぞ」

「いいんですか」

「もう店は閉めましたから遠慮なく」

真奈美がカウンターに座ると、女将は小鉢のかぼちゃを真奈美の前に置いた。

「売れ残りですけど、良かったら。今、熱いお茶をいれますね」

「すみません」

真奈美はじっとかぼちゃを見つめ、それから、膝《ひざ》にしっかり抱えたままの箱を見つめ、おもむろにその箱をカウンターの上に置いた。

「女将さん、奇跡って信じます?」

真奈美の声は真剣だった。女将は頷いた。

「奇跡を見てください……父からのクリスマス・プレゼントが、今日、届いたんです」

真奈美が箱を開け、中から人形の家の備品をひとつずつ取り出した。小さな小さなベッド、鏡台、スツール、ガラスのテーブル、ソファのセット、洋服箪笥《だんす》、それに電気スタンド。それらはほとんど白く塗られ、昔の外国映画に出て来るような妙に凝《こ》ったデザインで、昭和四十八年の、高度成長期の日本人の、海外生活への憧《あこが》れを如実に表現している。

最後に、それらを並べる為の床にあたる部分と、はめ込み式の壁が取り出され、すでに泣き出していた真奈美の手には、一通の封筒が握られていた。

「夕方に宅配便で届いたんですけど、友達が遊びに来ていたもので、お風呂に入って寝る間際《まぎわ》にようやく開けたんです。そしたら、これが入っていて」

真奈美は封筒を女将に差し出した。

「よろしいんですか」

真奈美が頷いた。女将は封筒から畳んだ便箋《びんせん》を取り出した。

『前略

はじめてお便りいたします。突然のことに驚かれたことと思います。

わたくしは二十数年前、国鉄の置き忘れ品の特売会で、このセットを購入し、自分の娘に与えました。娘はとても気に入って、大人になるまで大切に遊んでおりましたが、三年前に嫁《とつ》いだ際にこれを置いて行きました。その娘にこの五月、女の子が生まれ、わたくしは娘が大切にしていたこの人形の部屋を思い出し、初孫に送ってやろうかと本当に久しぶりに箱を開けましたところ、箱の底の厚紙の合わせ目に、注文書の控《ひか》えが入っているのに気付きました。それは、この人形の部屋を玩具店に予約した際の控えでした。そこに長崎和正《かずまさ》様のお名前とご住所がありました。代金を払って購入したものとはいえ、本来の持ち主のお名前が判ったのにそのままにしておくのがどうにも気掛かりで、書かれていたご住所に手紙を出したのですが転居先不明で戻ってしまい、たまたま知人が興信所に勤めていたこともあり、頼んで長崎和正様のご消息を調べて貰いましたところ、二十五年も前に事故で亡くなられたこと、娘とおない歳のお嬢様がいらしたことが判り、愕然《がくぜん》といたしました。亡くなられた長崎様が、お嬢様の為にと購入された大切なものであったのに、こんなにも長い間わたくし共が使わせていただいていたのかと、申し訳なさでいっぱいになり、今さらのことではありますが、どうしてもこれをお嬢様にお返ししようと思いました。今頃こんな古いものを送りつけられてもご迷惑かと思いますが、お父さまの形見とお考えいただき、ぜひお受け取りいただきたいと思います。突然の失礼な申し出ではありますが、どうかお受けくださいますよう。お嬢様もどうか、ご健康でお幸せにあらせられますよう。

かしこ』

「だけど」

カウンターに伏せてすすり泣いていた真奈美がようやく顔を上げ、女将が注いだコップの水をぐいと飲んでから言った。

「だけど、なぜ国鉄の忘れ物なんかに……やっぱりあの時ホームに転がっていたのに、駅員が……?」

「ねえ長崎さん、わたし、あれから考えていたんですけど」

女将は珍しくコップ酒を片手に、真奈美の前に座った。

「二十五年前の夜、お父さまが行こうとしていたのは荻窪ではなくて、新宿駅だったのではないかしら」

「新宿……駅?」

「ええ。お父さまは新小岩から総武線に乗られて、あなたとお母さまの待っている両国の駅で降りるつもりだった。ところが疲れていたので寝過ごしたか何かで、御茶ノ水まで行ってしまってから慌《あわ》てて降りた」

「でもそれなら、どうして下りの、しかも快速なんかに乗ろうとしていたんです?」

「例えばね、お父さまは慌てていたので、うっかり電車の網棚に、赤い箱を忘れて降りてしまったの。そして、自分の降りた電車に追いついてその箱を取り戻そうと考えた。御茶ノ水で中央線の快速に乗り換えれば、一本前の総武線の各駅停車よりも早く新宿駅に着けるから」

女将の言葉に、真奈美の表情が変わった。瞳は強く輝き、その新しい可能性が彼女の心を今や支配しつつあることは明らかだった。

真奈美は希望と出逢ったのだ。二十五年の間、あるいは、父が自分よりも見知らぬ女性を大切にしていたと知ってからの十九年の歳月の後で、自分が裏切られていなかった可能性、誰よりも愛されていた証《あかし》と。

真奈美はそれでも、長い間の憂鬱と別れを惜《お》しむように、暫《しばら》くの間無言のまま、箱から出された人形の家具を見つめていた。

女将は待った。ただ静かに、コップ酒で唇を湿らせながら。


やがて、真奈美の心の中で結論が静かに生まれた。

真奈美は首を微《かす》かに振り、ほとんど聞き取れないほどの小さな声で、ごめんね、お父さん、と呟いた。

それから真奈美は女将の手にしているコップ酒を見ると、恥ずかしそうに言った。

「あたしも、少し、飲ませていただいていいですか」

女将はにっこりすると、真奈美の前にコップを置き、一升瓶《いっしょうびん》をゆっくりと持ち上げて、ほんのりと琥珀《こはく》の色を漂わせた米の酒を注いだ。

「何か作りましょうか」

女将の言葉に、真奈美は小さく首を振った。

「このかぼちゃで充分です」

真奈美は酒をすすり、ふうっと息を吐《は》いた。

「とてもおいしい」

真奈美が囁くように言った。

「こんなにおいしいお酒、生まれて初めて」

＊

「本当にありがとう、清水さん」

女将が頭を下げると、古道具屋『かほり』の主人、清水啓一《けいいち》は、照れくさそうに頭を掻《か》いた。

「ちょっと嘘くさかったんじゃないかってさ、心配だったんだけど」

「ううん、素晴らしい筋書きだったわ。さすがに、小説家志望なだけあるなって、手紙を読んでいて感心しちゃった。だけどよく見つかったわね、それに彼女の話だけでマリちゃんハウスだってぴたりと当てるなんて」

「昭和四十八年に売り出されて超人気だった人形の家って言えば、マリちゃんハウス以外にないからね。二十五年前のものだって僕等みたいな商売やってりゃ簡単に見つかるよ。でもさ、ほんとにあれで良かったの？　未使用のぴかぴかのやつだって探せばあったよ。

あんな使い込んで、あちこち壊れたようなやつじゃ、その人、がっかりしたんじゃない？」

「そうじゃないの。あれだから、良かったのよ。子供の手で遊ばれて、時を経て、ゆっくりと、人から人へ、そして彼女の元へと戻った。そう彼女が信じることが大切だった。過ぎてしまった時間は、何もなかったことには出来ないのよ。誰にも使われていない人形の家じゃ、ただ死んだ時間を重ねていただけ。物として使われ、愛された時間を経ていたから、彼女の過ごして来た二十五年の時に、新しい意味を与えることが出来たんだわ。彼女の父親の彼女への愛は、けっして無駄にはなっていなかった。誰か他の女の子を幸せにしていた。だからこそ彼女は、クリスマスの憂鬱を捨て去ることが出来た。わたしには、そんなふうに思えるの」


「だけどさ」清水はコーヒーの匂いを嗅《か》ぐように鼻をひくつかせた。「本当のところは、どうだったんだろうね？　その子の父親が抱えていたはずの赤い箱は……」

「いいじゃない、もう」

女将は清水の腕に掌《てのひら》をぽんとあてた。

「彼女の父親がどこへ行こうとしていたのかなんて、永遠にわからないことなんだもの、どうせ。人間のやることなんて、いつも合理的だとは限らないしね。でも何だか変な気分だわ。わたし、こんなおせっかい、絶対しないでおこうと思っていたのに」

「吉永さんは、他人の生活に干渉しない主義だものね」

「そうよ。自分のことかまわれるのが嫌だから、他人のこともかまわない。そのつもりだったの。なのに……彼女の言葉の暗示にかかっちゃったのかしらね」

「暗示？」

「彼女、言ったのよ。クリスマスって本当は、他の人の為に尽くす日なんじゃないかって。わたし、なぜだかとっても、彼女の為に何かしてあげたくてたまらなくなったの。余計なことだったのかもしれない。本当は彼女が自分の力で、クリスマスを楽しい日に変えなくちゃいけなかったのかも。でもね……」

　狭くてぎっしりと古道具が置かれた店内をひとわたり見回してから、女将はふっと笑った。

「クリスマスぐらい、精霊の力を借りたっていいわよね。彼女の心の中には、頑固なスク[注]ルージが住んでいたんですもの、ね」

「精霊か」清水は視線を宙にさまよわせた。「信じたくなるね、クリスマスには。キリスト教徒でもないのに、不思議だな」

「やっぱり精霊だったのかしら、彼女も」

　女将の独《ひと》り言のような呟きに、清水は、えっ？　と訊き返した。

　女将は清水に向かって、不思議な微笑みを見せた。

「過去からわたしを呼ぶ声と出逢ったのよ……二週間ほど前に。もうわたしの人生から、完全に消したと思っていたのに……」

彼女は信じただろうか。わたしが美鈴ではない、と言った言葉を。もし信じなかったとしたら、彼女はわたしを探すだろうか……

考えても仕方ない。

女将はそっと頰に掌をあてた。わたしは否定してしまったのだ。人違いだと。だから、わたしは美鈴ではない。それでいいんだ。それで。

女将は、店の一角に置かれた江戸切り子のガラスコップを見つめた。その深く鮮やかな青が、女将の心の中で、あの時のブルーのスーツの色と重なって揺れていた。

注・ディケンズの『クリスマス・キャロル』の主人公。頑《かたく》なな心を持ち、クリスマスを憎んでいた。

# 桜夢
## Cherry blossom's Dream

ばんざい屋の三月

1

塩漬《づ》けの桜を冷蔵庫のいちばん奥、滅多《めった》に出さない小さな陶器の壺《つぼ》ごと取り出して、女将《おかみ》はそっと蓋《ふた》を開けた。

毎年三月になると、ばんざい屋ではお客に出すしめくくりのご飯に桜飯を用意する。軽く塩出しして細かく刻《きざ》んだ塩漬けの桜の花びらと、針のように細く切った昆布の佃煮《つくだに》を炊《た》きたての白い飯にさっと混ぜ込むだけの簡単なものだったが、アルコールで重くなった胃袋には、微《かす》かにニッキのような芳香のある桜飯がとても好評だった。

菜の花漬けを添えて、茹《ゆ》でた土筆《つくし》の頭をふたつ浮かべた吸物と一緒に出せば、一足はやい春が店にやって来る。

京都の冬は、長くて、暗い。

盆地特有の、骨にきりきりと食い込むような底冷えのする寒さに加えて、すっきりと晴れることのない空から不定期に舞い降りる北山《きたやま》しぐれの細かなみぞれ。

そんな冬の辛《つら》さのせいか、春が一際《ひときわ》待ち遠しく、桜の季節にはまるで別世界にいるかのように、街中が一斉に薄桃色に染まるのだ。

そんな古都の匂いを、一杯の桜飯がこの店の客たちに伝えてくれる。

ばんざい屋は、京のおばんざいが売り物の小料理屋だった。だから常連客はやはり、京都の匂いのするものに敏感だ。

「春だなぁ」

昨年の暮れにこの近くの本社に転勤になって顔を出すようになり、いつも、二合ほどの酒とつまみを二、三品、それにご飯と香の物でしめくくって帰って行く塚本《つかもと》というサラリーマンが、桜飯をお椀ごと掌《てのひら》に抱えて嬉しそうに言った。

「女将、京都ではこんな風流なもの、食べるんだねぇ」

「いつもではないですけど」

女将は、菜の花漬けを小皿に盛って塚本の前に置いた。

「桜の花の塩漬けはいろいろ使いますね。お花見には、白いご飯に桜の花の塩漬けを混ぜ込んで小さめのおにぎりを握って、お重に詰めて持って行ったり」

「おめでたい時のあれ、あのお茶」

「桜湯ですか。ええ、お祝い事があると飲みますね」

「姪《めい》っ子の結婚式の時、控え室で飲んだな。女将、この塩漬け、自家製？」

「そうなんですけど、花びらは貰《もら》いものなんです。地面に落ちたものでは傷《いた》んでいるので塩漬けに出来ないんですよ。でも街路樹の桜の花を登ってむしったりしたら怒られてしまうでしょう？」

「農薬も怖いしな」

塚本の横に座っていた、藤田《ふじた》という初老の客が言った。

「その辺の桜は、殺虫剤撒《ま》いてるだろ」

「そうですね……この塩漬けは、お友達の家のお庭の桜で作るんです」

「贅沢《ぜいたく》だなあ」

塚本が大袈裟《おおげさ》な溜息《ためいき》をついた。

「自分ちの庭に桜なんてあるとはなあ」

「あれはけっこう大変なんだよ」

藤田が、いつもの調子で混ぜ返す。

「夏にはもう毛虫がいっぱいついちゃって、大騒ぎだ。殺虫剤使わないでよく桜なんか庭に植えとけるね」

藤田はそれが癖なのか、他人が褒《ほ》めたものは必ず一度けなしてみないと気が済まないらしい。それでも、言い方にさほど嫌味がないせいか、藤田と喧嘩《けんか》になった客はいない。今も塚本と藤田は、農薬からダイオキシンへと話を移し、そこそこ盛り上がっている。普段の生活も勤め先も何もかも違う見知らぬ他人同士が、何となく旧友のように一緒に酒を飲む空間。

女将は、こんな風景を見ている時、この商売を選んで正解だった、と思う。始めてみるまでは、自分に水商売が出来るなどとはとても思えなかったのだが、習うより慣れろの言葉通り、いつの間にか女将稼業も板に付いて来たようだ。

「こんばんはー」

聞き慣れた声がした。入って来たのは、すぐ近くの小さな商事会社に勤めるOLの八木《やぎ》浩美《ひろみ》だった。今年で三十七になると自分で言っていたが、子供を産んだことのない女性は三十代が若々しい、と女将は羨《うらや》ましく感じている。八木浩美はどう見ても、ようやく三十二、三にしか見えない。

「あら、雨ですか」

浩美の肩に細かな水滴が付いているのを見つけて、女将は畳んだタオルを浩美に手渡した。

「霧雨みたいよ。傘はいらない程度よ。濡れて歩くのが気持ちいいくらいだわ」

「でも、ちゃんと拭《ふ》いておかれた方がいいですよ。今の季節も油断すると質《たち》の悪い風邪に捕まりますから」

浩美はタオルで髪の毛をさっと撫《な》でるように拭いた。その拍子に、浩美の髪の毛に付いていた濃い桃色の小さな花びらがひらひらと舞い落ちて、塚本の茶椀の中に入った。

「ありゃ」塚本が嬉しそうに桜飯の茶椀を女将に見せた。「こりゃまた風流だねぇ。生の桜の花びらが飾りだよ」

「え、それ、桜なんですか」

浩美が茶椀を覗《のぞ》き込んだ。

「違うのかな」

「違う、違う！」藤田が大笑いした。「これが桜だなんて、東京で三月半《なか》ばに桜は早いでしょう。こりゃ、桃だよ、桃。桃の花」

「あ、そうか、桃か。どうりで色が濃いと思ったよ」

「ほとんど赤いですもんね、この花びら」

「おたく、どこでこの花びら付けたの」

塚本が花びらを摘《つま》んで訊《き》く。

「たぶん、そこの、コンビニの横のビルの植え込みですよ」

「え、この辺《あた》りにコンビニなんてあった？　煙草《たばこ》切らしてさ、さっきいつもの自販機に寄ったら品切れだったんだよ、キャスターマイルド」

「ちょっと駅と反対の方に戻ったとこにありますよ。ビルの前に小さな花壇があって、この桃の木が一本植わってたんです。もう満開でとってもきれい」

女将は、話題になっている花びらをちらっと見た。その色には覚えがある。だが、客の会話に割り込むことはしない主義だったので、微笑んだまま黙っていた。

「今年はどうなんだろうねぇ、桜」

「早くなりそうだって新聞に出てましたよ。あ、ママさん、あたし今日は焼き魚が食べたいんだけど、あります？」

「塩サバか、ブリの照り焼きなら」

「じゃ、ブリ。それと」浩美はカウンターの上の大皿を見回した。「この小芋とイカの煮たやつと、ひじきください。それとビール」

「早いっていうと、今月末にはもう見られるかな」

「どうでしょうねぇ。今月は二十七日が土曜日ですよね。その次だと三日。わあ、じゃ、四月三日がピークですね。その次だともう遅いですよ、きっと」

「お姉さんの会社も花見があるんだ」

「ええ」

浩美は女将が酌《しゃく》をした最初の一杯を豪快に飲み干した。

「もう大変ですよ、新人は場所取りさせられて。それで女子社員は何かつまみを見繕《みつくろ》って行かなくちゃいけないんですけど、予算が年々少なくなっちゃって、去年なんかデパートのお惣菜を買ったら、毎年付けてたお弁当の分がなくなっちゃったの。それでお弁当は取りやめて、コンビニのおにぎりにしたんですよ」

「そりゃひでぇや」

藤田と塚本が笑った。

「でしょう？　あんまりなんで、おにぎりのフィルムを剝《は》がしてお重に詰めて持って行ったんですけどね」

「まあ不景気だからさ、花見が出来るだけ幸せってもんだろうさ。俺んとこなんか、ここ三年ほど花見は取りやめたまんまだね。もう催《もよお》されることはないだろうなあ」

「俺んとこもですよ。去年までは千葉の営業所にいたんだけど、花見なんてやって浮かれてられたのは、バブルが弾《はじ》けた九一年までだね。本社に来たら上野《うえの》の花見でもあるかと思っていたんですが、花見どころか、この六月のボーナスだって危ない有り様です」

「夢も希望もないですよねぇ。わ、このひじき、おいしーい」

「あ、そうなの？　女将、俺もひじきちょっとちょうだい」

「俺はごちそうさま」

塚本が立ち上がった。

「あら、お茶いれますよ。塚本さんがお好きな和三盆《わさんぼん》の干菓子《ひがし》も少しあるんですけど」

「うん、ありがと。でもいいわ。実はこれから待ち合わせでね」

「これから？」

女将は思わず壁に掛けてある昭和初期の振り子時計を見た。

午後八時二十五分過ぎ。

「しょうもない野暮《やぼ》用。まったく、これが美女とのおデートってんならいいんだけどさ。じゃ、これね」

塚本はいつものように千円札を三枚、カウンターの上に置いた。毎晩のように来ているので、料金の見当が付けられるようになっているのだ。この夜も女将の計算では二千八百二十円。釣り銭の百八十円は、塚本の頼みで女将が預かっている小さな貯金箱に入れる。いっぱいになったら、その金で買える分だけ馬券を買うのが、塚本の楽しみだった。

「あの大将もひとりもんかい」

塚本が出て行くと、藤田が女将に訊いた。

「そうおっしゃってましたねえ」

「俺と同じバツイチかね」

「さあ」

女将は曖昧《あいまい》に笑った。

「女将はほんと、口が堅いよ」

「いいえ、ほんとに知らないんですよ」

「そうですよね」

浩美が藤田の空《あ》いたグラスに、自分のビールを注《つ》いだ。

「お、こりゃどうも」

「ここのママさんは、お客の身の上話を根ほり葉ほり訊いたりしないんですよ。だからあたしも気楽にここに来られるわけ」

「訊かれたらまずい過去があるんだ」

「ええ、ありますとも。あたしだって若い時はあったんですからね。今はすっかりうば桜ですけどね、これだって二十代の頃はけっこうなもんだったんですよ」

「ありゃ、俺はあんたが二十代だとばかり思ってたよ」

浩美は笑って、空《から》になった瓶を振った。

「ママさん、今日はもう一本いただくわ」

「あ、俺んとこに勘定つけて」

「いやねぇ、うちの会社はお花見が出来るんだから、あたしが払いますよ」

浩美は朗《ほが》らかに言って、女将が出した二本目を藤田のグラスに注いだ。

「だけどほんと、これだけ景気が悪いと、うちも今年限りになるかも知れないわね、花見」

「お姉さんとこ、何やってる会社？」

「ちっちゃな商事会社なんです。雑貨とか靴とか服とか、そんなものを主にね。取引先が韓国とか東南アジアが多いもんだから、バブル後も相対的円高で何とか凌《しの》いでたんだけど、それも限度があるでしょう。もう取引そのものが成立出来ないくらい向こうの通貨事情が悪化しちゃったし、うちも危ないわね」

「俺んとこなんか最悪よ、何しろ不動産が主だったからさ。俺もリストラ対象に入ってんだ。ここんとこ毎日、退職金二割増でどうだって言われ続けてさ。突っぱねたら定年までの四年、倉庫番か下手《へた》したら清掃係だわ。それでも今辞《や》めたら次の口がないもんなぁ。どうせ清掃会社で掃除するんだったら、今の会社にいた方が少しでもボーナスある分、得だしな。もうこうなると、プライドなんてもんは忘れないと生きて行かれんし」

「夢も希望もないですよねぇ。あたしなんかこの歳でさ、一般事務の経験しかなくて、ここでリストラされたら本当に次の仕事なんかないですよ。それなのに会社はね、結婚すりゃいいじゃないかって簡単に言ってくれるのよ。あたしの人生何だと思ってんだか。あーあ、緑の桜なんかやっぱり、どこにもないんだわぁ」

「何だい、緑の桜って」

浩美は笑って肩をすくめた。

「おばあちゃんの作り話」

「おばあちゃん？」

浩美は、遠くを見るような目でグラスのビールを飲んだ。

「あたしの祖母。もう二十年も前に死にましたけどね。その祖母はお話作りの名人だったの。絵本なんかなくても、あたしを膝にのっけてすらすらすらすら、いろんなお話をしてくれたんですよ、あたしが小学校の一年くらいまで。高度成長期って言ったってあの頃の日本はまだ全体に貧乏で、テレビは白黒、それもない家庭がけっこう多かったし、テレビゲームなんか影も形もない頃ですよ。だから祖母の作り話がけっこう、面白い娯楽になっていたのよね」

「おばあさまがお話作りの名人だったなんて、いいですね」

女将はさっき塚本に出した菜の花漬けをふたりの間に置いた。

「良かったらどうぞ」

「わあ、すみませーん。さっき向こうの人が食べてるの見て、狙《ねら》ってたんですよ。ママさんのお手製？」

「素人《しろうと》の作り方ですから、ただの浅漬けですけど」

「おばあちゃんもよく作ってたなあ、漬物。うちの母はダメだったのね、糠《ぬか》味噌とか手を突っ込めないタイプで」

「緑の桜ってどんな話？」

藤田が菜の花漬けにさっそく箸《はし》を伸ばした。

「それがね、何か変わった話なんです。祖母って今考えると、小説家になる才能もあったのかも知れないなあ。あのね、緑色の桜の花の下で見た夢は、正夢になる、そんな話なんです」

「緑って、花が緑色ってこと？」

浩美は頷《うなず》いた。藤田は、笑いながら箸を振った。

「なんだ、それじゃあしょうがないなあ。桜の花ってのは白かピンクだもんな、緑の桜なんてあるわけない。あーあ、正夢になる夢だったら見てみたかったけどな。宝くじで一億五千万当たる夢、とかさ」

「そうなんですよねーぇ」

浩美も箸の先に突き刺した小芋を見ながら溜息をついた。

「祖母の作り話だと、病気のお母さんが治る夢を一所懸命念じて桜の下で眠りについた子が、目覚めて家に戻ってみたらお母さんは元気になってた、そんな話だったんですよ。それ以来何となく、桜の季節になるとその話を思い出して、緑色の花が咲く桜のこと考えるんです」

「緑の花の桜でしたら」

女将は思わず口を開いた。

「聞いたこと、ありますけど」

「えっ」

浩美が驚いて身を乗り出した。

「あるんですか、そんな桜！」

「あ、いえ、わたしは見たことはないですけれど……ちょっと耳にしたことはあります。もし良かったら、詳《くわ》しい話を聞いておきましょうか」

「お願いします！」

浩美は立ち上がらんばかりに言った。

「ほんとにあるんなら、どこへでも行ってその桜、見てみたいわ」

「それでその桜の下で居眠りするんだね」

「ええ」浩美は笑顔で藤田の腕をとった。「おじさんもどうですか、一緒に。そうだ、緑の桜が見つかったら、みんなでお花見に行きましょうよ。わたし、予算出します。それでママさんに適当におつまみ見繕ってもらって、緑の桜の下で宴会して、お昼寝するの。あ、あたしどんな夢にしようかな」

「よし、俺も出すぞ、いくらか。俺はあれだな、やっぱり宝くじに当たる夢にしよう。当たったらあんな会社すっぱり辞めて、ヨットを買う」

「ヨット！　すてき！」

「俺、霞ケ浦《かすみがうら》の出だからね、親は小さな舟持ってたんだよ、川エビとか公魚《わかさぎ》を漁《あさ》る小舟。こう見えても、俺だって扱えるんだよ、小さな舟なら」

「わ、あたしも乗せてくださいよ」

「もちろん」

「よ、何か楽しそうだね」

入って来た常連客が、はしゃいでいる二人に割り込む。

「今、桜の夢の話してたんです」

「桜の夢？」

「松田《まつだ》さん、あんたも加わりなさいよ。花見の相談だよ」

「お、いいねぇ、花見！」

女将は、すっかり上機嫌になった客たちを微笑《ほほえ》んで見守りながら、また桜飯の準備を始めた。そろそろ藤田も腰を上げる時間だ。夜はまだ長いが、この店に集《つど》う客はみな、明日の仕事を持っていた。この店で過ごす二時間ほどが、彼等にとって、束《つか》の間《ま》の休息なのである。

2

古道具屋『かほり』に入るとすぐ、入口の近くに置かれていた青い花瓶が気になった。手に取ると、細かな切り子ガラスの細工が美しい。だが江戸切り子の本物だとしたら、とても高価過ぎて手が出ないだろう。

「やっぱり目をつけたね」

店主であり、女将の親友でもある清水啓一が店の奥から出て来た。他に客はいない。

「吉永さんなら欲しがるだろうなと思ったから、出さないでおこうかなとも考えたんだけど、あまり綺麗《きれい》なんで店が華やかになるかな、と思ってね。他の客が欲しがったら予約済みですって断わるつもりでいたんだ」

「でも、これ本物なんでしょう？　手が出ないわ」

「そうでもないと思うよ」

清水は電卓を手にしてピポパ、と打ち込んだ。

「こんなもので、どう？　実はそれ、底が欠けてるんだよ。花を生《い》けてしまえば全然目立たないと思うけど」

女将は電卓の数字を見た。ちょっと贅沢だが、まあ手が届かないというほどでもない。

「いただくわ。桜に合いそうね」

「桜はいいね、大振りに思い切ってさしたら、抜群に映《は》えるよ」

「でも、緑色の花にはダメね」

「緑色の花？　蘭《らん》か何か？」

「ううん、桜なの。清水さん、前に話してくれたことあったわよね、桜には緑色の花のがあるって」

「ああ」

清水は、青い花瓶をエアキャップでくるんで紙袋に入れながら頷いた。

「あるよ。鬱金《うこん》とか御衣黄《ぎょいこう》とかだね」

「本当に緑色の花なの？　緑がかった白、とかじゃなくて？」

「いろいろだね。鬱金なんかは、白っぽいけど、御衣黄は綺麗な黄緑色、いや、黄色みは少ないかな、緑色の薄い感じの方が近いかも知れない。でも、はっきりと緑って言える色だよ。どうしたの、緑色の桜、何かに使うの？」

女将は緑色の桜の夢の話を清水にして聞かせた。

「へえ、面白そうだなあ。そんな花見なら僕も参加したいな」

「ぜひいらっしゃいな。でも、その緑色の桜、お花見が出来るような場所にあるのかしら」

「そうだねぇ……小石川《こいしかわ》植物園とかならあるだろうけど、花見の宴会なんかしたら怒られちゃうしな。緑色の桜はオオシマザクラなんかと似てて、葉っぱが出てから花が付くんだ。それなのに花が緑なもんだから、全然目立たない。すごく地味な印象になるんで、公園なんかにはあまり植えられていないんだよ。ああ、でも」

清水はにこりとした。

「桜爺《じい》さんに頼めば大丈夫かな」

青梅《おうめ》に住んでいる清水の叔父は、桜の盆栽のエキスパートだった。ばんざい屋で使わせて貰っている桜の花の塩漬けも、元はと言えばその清水の叔父の家の庭木から貰った花で作られている。清水が桜に詳しいのは、その叔父の影響なのだ。

「花見が出来るほど大きな木は無理だけど、あの人のコレクションにはたぶん、御衣黄もあるはずだ。それを借りて、店に置いて花見したらどう？」

「だけど大切な盆栽なのに、貸していただけるかしら」

「持ち主ごと借りちゃえばいいよ」

清水はクックッと笑った。

「どうせ叔母さんが亡くなってからひとりで大きな田舎《いなか》家で盆栽いじってるだけで、することがなくて暇《ひま》なんだから。あの人、吉永さんのファンだから、吉永さんの誘いだって聞いたら喜んで盆栽抱えて出てくるさ」

一度だけ、清水は叔父を連れてばんざい屋に来たことがあった。その時女将が出した鯖《さば》の味噌煮を、その叔父が褒《ほ》めちぎっていたのを思い出す。

「綺麗でしょうね、緑色の桜」

「ソメイヨシノみたいな派手さはないけど、清々《すがすが》しい風情《ふぜい》で僕は大好きだな。今年は青梅もあったかいらしいから、早ければ四月の頭には咲くと思うよ。でも、そのお客さんのおばあさんってなかなかロマンチックな人だったんだね。夢が正夢になる桜の話、か……吉永さんなら、どんな夢を見たい？　緑色の桜の下で」

「そうね」

女将は、店の中をぐるっと見回して微笑んだ。

「大好きなブロカントをいっぱい並べたこんな部屋で、ロッキングチェアに揺られている夢、かな。白髪頭のおばあさんのあたしが……」

「それなら」

清水が静かに言った。

「緑色の桜の下で夢見なくても、叶《かな》うよ……あなたにその気持ちがあるなら」

女将は、清水の言葉には答えなかった。

「ゆうかーん」

配達人が、店先に新聞を放り込んで走り去った。

「あらやだ、もうそんな時間？　仕込みに行かなくちゃ。花瓶のお金、どうしましょう」

「後で飲みに行くから、その時でいいです」

女将は紙袋を抱えて清水に礼を言うと店を出ようとした。その時、商品のアンティークのボストンバッグの上に放られた夕刊の一面が目に飛び込んで来た。

会社員他殺体で発見

予感、というにはあまりに頼りないものだったが、女将はなぜかその記事に引き寄せられ、夕刊を広げた。

『……発見された遺体の身元は、所持していた定期券から、埼玉県浦和《うらわ》市の塚本忠志《ただし》さん（四十六歳）と判明。死因は窒息死で、頸部《けいぶ》に絞められた痕《あと》があることから他殺と断定された。死亡時刻は三月十一日午後九時から翌十二日の午前二時頃までの間と推定される。現在遺体を放置した際の目撃情報が……』

塚本さん……

あの夜だ。桜飯を食べ終えると、待ち合わせがあるからといつもよりだいぶ早く腰を上げた、あの夜に……

＊

ヒカンザクラはまだ盛りのままだった。

女将は、風に舞っている濃い桃色の小さな花びらを掌に受けた。

それは、桃ではない。桜だった。

台湾原産の、ヒカンザクラとかカンヒザクラと呼ばれる桜。濃く官能的な赤みがかったピンク色の花を、小さな鐘のように枝先から下向きに並べて開く、可愛らしいが色気のある樹木だ。あの晩、藤田が桃だと言ったのは、これだった。女将は花びらを見た時にたぶんヒカンザクラだろうと思ったのだが、わざわざ訂正するようなことでもないので黙っていたのだ。

そのヒカンザクラの木の横に、丸《まる》の内《うち》には珍しいコンビニエンスストアが見えている。

女将は、小さく溜息をつくと店の前を通り越して自分の店へと向かった。

わずか数カ月間の繋《つな》がりだった。だが、毎晩のようにやって来て、夕飯とささやかな晩酌を楽しんで行ってくれた、あの塚本の穏和な笑顔が脳裏に甦《よみがえ》り、悲しさが少しずつ胸に湧いて来る。店の客だということ以外にはほとんど何も知らない男なのに、まるで長年の友人か、あるいは自分の近親者を失った時のような、埋めようのない喪失感があった。

店の前に、二人の男が立っていた。その二人が警察の人間だということは直観的に理解出来た。

女将は軽く頭を下げると、鍵を開けて店の中に二人を招き入れた。

「申し訳ありません、仕込みしないとならないんで、やりながらお答えしてもよろしいですか」

女将は、二人が刑事だと自己紹介して手帳を出したのを見てから言った。

「もちろん、そうしてください」

三十代半ばぐらいの刑事は、おだやかな笑顔で言った。だがその瞳だけは笑っていなかった。

「お忙しいのに申し訳ありません。塚本さんの事件のことはもうご存じですか」

「先程、夕刊で」

「驚かれたでしょう」

「ええ」

女将は、その日の突き出しにする予定のシジミの佃煮を冷蔵庫から取り出し、思わずまた溜息を漏《も》らしそうになった。シジミの佃煮は塚本の好物だったのだ。

「塚本さんはこのお店にはよく来られたそうですね」

「ご贔屓《ひいき》にしていただいていました。週に四回か五回は見えていたと思います」

「それじゃほとんど毎晩ですね」

「お夕飯を召し上がって帰られるのを習慣にされていたようでした」

「塚本さんは、十年ほど前に奥さんと離婚されてひとり暮らしだったんですよ。ご存じでしたか」

「さあ」女将は、刑事に向かってまた、得意の曖昧な微笑みを返した。「お客さまの生活のことは、お客さまがご自分からお話しくださった範囲でしか知りようがありませんし」

「ええっと、事件のあった晩ですが、三月十一日の木曜日のことです、あの晩も塚本さんはこちらに？」

「ええ。六時半頃いらして、八時半前に帰られました」

「いつもそんなものなんですかね」

「いいえ」女将は、刑事たちの為にいれた煎茶をカウンターに置いた。「どうぞ」

「あ、どうもお構いなく。で、いつもはもっと長くおられた？」

「ええ。九時半過ぎの地下鉄に乗るからと、九時二十分くらいに店を出られることがほとんどでした」

「じゃ、いつもより一時間も早く帰られたわけですか。理由は、何かおっしゃってませんかでしたか」

「はあ」

女将は一度だけ刑事の顔を見た。だが、そこに浮かんでいた妙に冷静な微笑から、この刑事が既《すで》に塚本があの晩誰かと会う約束をしていた事実を摑《つか》んでいることがわかった。

「どなたかと、待ち合わせをしておられると」

「誰とです？」

「そこまでは」

「場所は？」

女将は、質問している刑事の顔を一瞬睨《にら》んだ。

「存じません。おっしゃりませんでした」

「なるほど。ちなみにちょっとお訊きしたいんですが、塚本さんは煙草、喫《す》われましたかね」

女将は頷いた。

「銘柄はわかりますか？」

「は？」

「煙草の銘柄ですよ、いつも喫っておられてた」

「この店ではお出ししないんです」

「飲み屋さんなのに、煙草を置かないんですか」

「別にお喫いになる方はご自由にしていただいてますけど、店には置きません。煙草を置くようにすると、どうしても、切らした時にお客さまからちょっと買って来てくれる、と言われるようになりますでしょう？　ご覧のようにわたくしひとりでやっている店ですので、それはちょっと」

「なるほど」

「あ」

女将は、不意に塚本と浩美の会話を思い出した。刑事は女将の反応を見逃さなかった。

「何か思い出された？」

「ええ……いつも喫われていたかどうかまではわかりませんけれど、あの晩は確か、キャスターマイルドが行きつけの自動販売機になかったと、文句を言っておいででした」

「キャスターマイルド」

刑事は言って、手帳を見た。

「なるほど、ぴったりだ。いえね、実は塚本さんのコートのポケットには、まだ封を切ってないキャスターマイルド二個と新品の使い捨てライターが一個、コンビニの袋に入ったままで押し込まれていたんです。会社の近くに設置されてる自販機で買わずに、わざわざ遠回りしてコンビニで買った謎は解けました。塚本さんは、ここに寄る前にコンビニで煙草を買った。店員の証言とも一致します」

女将は、菜箸《さいばし》を持つ手を止めたまま、じっと刑事の顔を見た。

「そんなはずは……」

「ほう?」

刑事の瞳が鋭く光った。

「そんなはずはない、そうおっしゃりたいわけですね?」

「あ……いいえ」

「えっと、吉永さん、でしたね。何でもいいんですよ、どうか遠慮なさらず、気が付いたことを教えてください」

「いいえ」女将は合わせ酢を混ぜながら小声になった。「よそのコンビニに寄られたのかもわかりませんから」

「よその? この店から徒歩五分以内にはコンビニは一軒しかない」

「ええ、ですから、それが見つからずに遠くまで行かれて、それから来られたのかも、と」

「我々が店員の証言を得たのは、ここから二分ほどで行ける、あの交差点の角のコンビニです。店員は塚本さんの顔は覚えていなかったが、煙草二箱とライターを買った中年の男性客のことは覚えていました。午後六時過ぎのことだったと思う、と言ってます。店のレジを調べたが、午後六時七分にそれに該当すると思われる記録が見つかりましたよ。ただ、ちょうど客が立て込んでいる時だったんでその場ではレジを打たずに後で打ち込んだとかで、銘柄が間違ってましたけれどね」

女将は、合わせ酢を混ぜる手を止めた。そしてその場に立ったまま数分間も考えていた。二人の刑事は、辛抱《しんぼう》強く待った。

それから女将は、おもむろにレジ横に置いてあるメモの束《たば》を手に取り、白紙の一枚を破いてカウンターの上に置いた。

ボールペンで、さっき店に寄る前に確かめて来たこの辺り一帯の地図をざっと描く。

「刑事さん」

女将は、その地図を見ながら言った。

「こんなことが何かのお役に立つのかどうか、わかりませんが」

「けっこうです」

刑事は、身を乗り出して地図を見つめた。

「何かお気付きなんですね？」

「塚本さんは、あの晩この店に来るまで、あそこの交差点の角にコンビニがあることをご存じなかったのではないかと思うんです」

「なんだって」

それまで一言も喋らなかった、年上の刑事が後ろから地図を覗《のぞ》き込んだ。

「だって塚本さんの勤務先から歩いてすぐじゃないですか」

「ええ、確かにすぐです。でも人間というのは、行く必要のない場所にはどんなに近くてもなかなか行かないものですわ。特にあの方は、昨年の暮れになってから本社に転勤されていらして、まだ三カ月です。ＯＬさんならランチのお店などを探して会社の周囲を歩き回る機会もあったでしょうけれど、あのくらいの年齢になると、毎日同じお店で済ましてしまわれる方が多いですわ。ここが塚本さんの会社です。地下鉄の駅はここ。そして、いちばん近いバス停はここ。ランチが食べられるお店は、こちらの、西側通りに集まっています。東側のバス停の方は会社ばかりで、この、コンビニの並びにはどちらも商店はありません。塚本さんは、地下鉄の駅から会社まで行かれるのに、たぶん、この商店の並んでいる通りを使われていたと思います。それがいちばん近道ですし。そして昼食時もこちらの側へ歩くことが多かった。この店にいらっしゃる時もそうでした。たまにバスに乗られる必要があっても、せいぜいここまで歩けば済みます」

「なるほど」年上の刑事が頷いた。「塚本さんの毎日の行動範囲からすると、あのコンビニはいちばん遠いところにあったわけだ」

「文具店やパンの店などはこちらの通りにありますし、煙草の自動販売機は会社の隣りです。わざわざコンビニを探す必要は、塚本さんにはなかったんだと思います」

「しかし、煙草とライターはコンビニの袋に入っていたんですよ」

「少なくとも塚本さんは、それを、この店においでになる前にこのコンビニで買われた、ということはなかったと思います。あの晩、たまたまカウンターで隣り合わせたお客さんが、偶然このコンビニのことを口にされた時、塚本さんははっきりと、この近くにコンビニなんてあるのか、と質問されてました。もし、ついさっきこのコンビニに寄ったばかりでしたら、そんな質問をしたはずはないと思います」

それに、と女将は思った。

あの人は、ヒカンザクラの花がどこに咲いているのかも知らなかった。あれほど赤く鮮やかに、春を謳歌《おうか》しているあの花に気付かなかったはずはないのだ……もしあの晩、あのコンビニに寄っていたのだとしたら。

「それじゃつまり、コンビニの店員の勘違いってことですかね」

「わかりませんけれど」

「ふうむ」年上の刑事が大きく頷いた。「ともかく、塚本さんがここを出られてからどこのコンビニに寄ったのかもう一度調べてみる必要は出て来たわけですな。いや、ご協力本当にありがとうございました」

「すみません、余計なことを」

「余計なことだなんて、とんでもない。気の毒な塚本さんの為に、我々も頑張りますので、今後も何か気が付いたらぜひここに連絡してください」

刑事は名刺を置くと、そそくさと店を出て行った。

3

「見事なもんですなぁ」

藤田が感嘆の声を上げた。浩美もほうっと溜息をついた。

清水の叔父、徳一郎《とくいちろう》は、称賛の的《まと》になっている緑色の花をつけた桜の盆栽を、満面に笑みを浮かべて眺めている。

「こんなにでかいなんて思わなかったから、青梅から運んで来るのが大変だったよ」

清水は、近くの有料駐車場から店まで盆栽を抱えて歩いたおかげで痛むらしい腕を、さかんにさすっている。

「おまえがどうしてもと言うから、持って来たんじゃないか」

「ほんとに、ありがとうございました」

女将は徳一郎に頭を下げた。

「なんだか、夢みたい」

浩美は感動したのか、涙ぐんでいる。

「おばあちゃんの話はみんな作り話だと思ってたから……緑色の花の桜なんて、まさかほんとにあるなんて……」

「桜はね、なぜか日本人の心の琴線《きんせん》に触れる花なんですよ」

徳一郎が、静かに言った。

「江戸時代には、園芸が大きな文化活動としてとても盛んになっていてね、その中でも、桜の栽培と桜の品種改良は、特に人気があったそうです。今でも桜は百五十種あるとも二百種あるとも言われてますが、江戸時代にはその倍は種類があったようですよ。わたしがこの緑色の桜に初めて出逢ったのは、京都御苑《ぎょえん》でした。八重《やえ》桜が満開の季節に旅して、写真を撮って、ふと見上げた空に、緑色の桜の花があったんです。あの時はまだ桜について詳しくなかったから、いや、驚きました。春の夢を見ているのかと思いましたよ」

「おばあちゃんも、見たことがあったのね、きっと。どこかで。そして夢みたいだと思ったんだわ……だからあんなお話を思いついたのね」

「もしかしたらさ」

清水が、カウンターに陣取ってひとりで手酌のビールを始めながら言った。

「その話も、作り話じゃないのかも知れないよ。おばあさんのおかあさん、つまり八木さんのひいおばあさんが病気されたことがあって、その時に緑色の花の桜の下で病気が治る夢を見たのかも」

「いいねえ、いいねえ！」

藤田が乾杯するようにコップを上げた。

「こうなったら、一刻も早く酔い潰《つぶ》れて夢を見るぞ！　宝くじに当たる夢だ！」

「金額をちゃんと確認した方がいいですよ、夢の中で」浩美が笑った。「当たるには当たっても、三百円だったりして」

一同が笑いながら、それぞれに酒を注ぎ始めた。今夜はもう、女将も仕事は抜きで楽しもうとみんなが言ってくれ、酌は手酌と決まっている。

女将自身も日本酒を少し口にしたところで、引き戸がガラガラと開いた。

「あ、どうぞ」

客たちが盛り上がっている勢いに圧倒されて、その新参の客は入口で躊躇《ためら》っている。

「今夜はお花見ということで、いつもとは少し違うんですけれど、それでもよろしかったら」

「あ、あの、女将さんでいらっしゃいますか」

客は、四十代くらいの女性だった。

「はい。何か？」

なかった。

「このたびは、本当にありがとうございました」

客はいきなり、深々と腰を折った。女将は戸惑《とまど》ったが、客はなかなか頭を上げようとしなかった。

「女将さんのご証言がなければ、わたし、塚本を殺した犯人にされてしまうところでした」

ようやく顔を上げたその女性の頬には、涙が幾筋も流れていた。

「わたし……立川瑞恵《たちかわみずえ》と申します。塚本とは、十数年前に数年間、交際していたことがありました……わたしのことが原因で、塚本は奥様と離婚してしまいました。でも塚本はわたしと再婚しませんでしたし、わたしもそれは望んでいませんでした。わたしは塚本と別れてから結婚いたしましたが、うまく行かず、男の子をひとり連れて離婚しまして、それからずっと息子と二人で暮らしております。塚本とは十年間逢っておりませんでした。それが、先日急に塚本から電話があったんです。話しておきたいことがあるので、逢ってはくれないかと言われまして」

瑞恵は、ふうっと大きく息を吐いた。

「あの晩の九時に、わたしのアパートに来ることになっておりました。ですが、とうとう塚本は参りませんでした。それなのに、塚本があんな姿で発見されて」

「あの、お座りになりませんか」

女将は木の椅子《いす》を瑞恵に勧《すす》めた。瑞恵はそれに遠慮がちに座った。

「警察がやって来て、塚本が、わたしを受取人にした生命保険に入っていたことを知らされたのです。もちろんわたしはそんなこと、本当に想像すらしておりませんでした。ですが塚本は、わたしが離婚してすぐにその保険に契約していて……塚本が亡くなれば、わたしが五千万円も受け取れることになっていたのです。警察はわたしを犯人扱いいたしました。塚本の遺体が発見されたのはわたしのアパートの近くでした。もし女将さんのお言葉がなければどんな恐ろしいことになっていたか……」

女将の記憶の中に、桜飯の上にはらりと落ちた鮮紅色の小さな花びらが甦った。もしあの花びらが塚本の茶椀の中に落ちなければ、塚本と浩美はコンビニの話などしていたかどうか。

塚本を殺した犯人は、数日前に逮捕されていた。あの、交差点の角のコンビニの、二十歳のアルバイト店員。動機は、煙草を買いに訪れた塚本の財布の中から覗《のぞ》いていた十数枚の一万円札。丁度バイトを終え、帰ろうとしていたその店員の前に、店を出た塚本の背中が見えたのだろう。その時、魔がさしたのだ。車のローンの支払いに苦しんでいた青年は、塚本の後をつけ、瑞恵のアパートの最寄り駅で地下鉄を降りて地上を歩き始めた塚本に、ノックアウト強盗を試《こころ》みた。もちろん、殺すまでのことは考えていなかったに違いない。だが塚本は一発で倒れずに抵抗した。青年は無我夢中で塚本の首を絞めてしまった……。

刑事が煙草のことで聞き込みに来た時、その店員は六時頃にも同じように煙草を買った客がいたことを思い出し、咄嗟《とっさ》に嘘をついたのだ。そんな嘘さえつかなければ、青年と塚本の接点など、誰も気にしなかったかも知れないのに。

客たちの笑い声で、女将は我《われ》に返った。

昔別れた女。結婚してやれなかった女。

その女の為に、独り身の中年男が誰にも内緒で、自分の命と引き替えに残そうとした金。

塚本が、ひとりでそっと見ていた、秘密の夢。

「お花見をしているんです」

女将は、まだ涙を啜《すす》っている瑞恵にそっと言った。

「少し変わったお花見なんですけれど、よろしければご一緒にどうですか？」

「あの、でも」

「塚本さんも参加費をお支払いになっておられたんですよ、もう。ですから、どうぞ彼の代わりに」

女将は瑞恵をカウンターに案内すると、新しいグラスを取り出して置いた。そして、塚本が遺《のこ》して行った貯金箱の蓋を開け、中のわずかばかりの小銭を、花見の参加費を集めて入れた升《ます》の中に、さらさらとあけた。

# 愛で殺して

Love like Poison

ばんざい屋の七月

1

「まだ九時過ぎだね」

清水が腕時計を見た。

「どこかで軽く一杯、どう?」

「いいけれど」

女将《おかみ》はふふっと笑った。

「洋風のお店にしましょう。そうじゃないと、仕事してるみたいで落ち着かないから」

「OK、乃木坂《のぎざか》にね、ちょっといいバーがあるんだ。吉永さん、きっと気に入るよ」

「ばんざい屋」は、週末の二日間が定休日だ。小料理屋で週休二日というのは贅沢《ぜいたく》なのかも知れないが、場所柄のせいで土曜、日曜はほとんど客が来ないので、店を開けていると光熱費や仕入れで赤字になってしまう。

それに、女将自身、あまりあくせくと働いて稼ごうという野心はなく、週に五日程度の営業で丁度いいと思っていた。

女将には、骨董品《こっとう》、というか、古《ふる》雑貨の類《たぐい》を集める趣味がある。休日はフリーマーケットや骨董市を巡《めぐ》ったり、行きつけの古道具屋を見て歩いたりするのが、何よりの楽しみだ。

だが今日は、清水が珍しく映画に誘ってくれた。古道具屋や骨董屋にとって土、日はかき入れ時なのだが、その日は朝から激しい雨だったので、開店休業状態だったのだ。

「これもあの、何とかいう現象のせいかな。あのほら、猫みたいな」

「ニャーニョ、だったかしら」

「エルニーニョの反対のやつ。…ラニーニャ？　今年の梅雨《つゆ》は、ちょっと凄《すご》かったね」

窓にたたきつける雨を見ながら、清水が言う。

「でも、もう七月に入ったから、この雨が終わったら明けるかな」

「そうね……祇園《ぎおん》祭の月なのね、もう」

「吉永さん、やっぱり祇園祭は懐かしい？」

「え？」

女将は思わず、清水を見た。

女将の過去や素性《すじょう》について、清水が知っているはずはない。女将は、ばんざい屋を開店してからも自分のことについては一切、客にも清水にも語らなかった。言葉も、女将がつかうのはまったくの標準語なのだ。だが店で出す、おばんざい、と呼ばれる京都の庶民のおかずの類や、店のインテリアなど随所に見られる京都風のテイストを考えれば、女将が京都の出身であることは誰の目にも明白だろう。

女将ははにかむように微笑《ほほえ》むと、小さく頷《うなず》いた。

「何となく、祇園祭が近づくと今でもそわそわしてしまうの。京都ではね、六月の終わりにボーナスが出た頃を見計らって、四条河原町《しじょうかわら》辺りのデパートや商店が一斉に夏物のバーゲンを始めるんだけど、それが終わると、町中が夏一色に染まって、通りからはコンチキチのお囃《はや》しの音がどこからともなく聞こえて来るようになるんです。丁度、子供たちの夏休みも祇園祭の後で始まるでしょう、だから、大人も子供もこの季節、どことなくウキウキしていてね……」

「十七日がハイライトだったね」

「昼の山鉾《やまぼこ》巡行は。でも、そうねえ、京都の人たちにとっては、その前日の宵山《よいやま》の夜が、いちばんの楽しみだと思うわ。女は子供から大人まで浴衣《ゆかた》を着てね……新しい浴衣をおろすのも宵山の夜、と決めている家が多いから、そんな新しい浴衣を着て人に見せる楽しみもあるし。それに」

　女将は、ふふっと首をすくめた。

「男女の仲も、宵山の夜は……気がゆるむというのかしら……京都の女の子のロストバージンは、宵山の夜だったというケースが圧倒的なんですって」

「へえ」

　清水は、普段滅多にそうした色っぽい話を口にしたことのない女将が珍しくそうした話題を持ち出したのにどぎまぎしたのか、首筋を掻《か》きながら言った。

「それは、ちょっといいなぁ。東京にはそんな特別な夜って、ないものなぁ」

　雨はますます激しくなり、店内には他に客が誰もいない。

「これじゃ、店を開けててもしょうがないな」

　清水は言うと、立ち上がった。

「吉永さん、映画でも行かない？」

「映画？」

「新聞屋に貰《もら》ったタダ券があるんだけど」

　女将は、清水が映画に誘ってくれたのは初めてだわ、と思いながら、清水が差し出した券を手にした。

「あら……これ、観《み》たかったのよ」

「ほんと？　なら、行こうよ。今からなら最終回、間に合うし」

「でも、雨の日曜だと混むんじゃない？」

「最終回だからそうでもないよ、きっと」

女将は、映画もいいかな、という気になった。そう言えば誰かと映画を観たことなんて、もう随分と昔のことだ。

「行きましょう」

女将が言うと、清水はとても嬉しそうに頷いて、店を閉め始めた。

日比谷《ひびや》から乃木坂まで贅沢にタクシーを使って、清水が薦《すす》めるバーに辿《たど》り着いたのは九時半頃だった。食事は映画の前にハンバーガーで済ませてあったので空腹は感じない。

店内はほどよく混んでいる。

バーというのは、あまり混んでいてはうるさくて話が出来ないし、かと言って他に客がいないというのも、従業員の目や耳が自分たちだけに注がれているようで鬱陶《うっとう》しい。ほどよく混み、常連がバーテンと親しげに話している声が小さく聞こえて来る程度が理想的だ。

照明も特に暗過ぎもせず、酒に対しての蘊蓄《うんちく》ばかり蓄《たくわ》えたマニアックな客や、客の飲む酒にいちいちちゃもんを付けないと気が済まないおせっかいなバーテンがいたりしないのが、いい。仏頂面《ぶっちょうづら》で、客の方が気を遣《つか》ってお愛想《あいそ》を言ってご機嫌を取らないと場が持たないようなバーテンも願い下げ。女将は、自分が酒で商売をしているせいなのか、金を出して酒を飲む時の好みはけっこう厳しかった。

その女将の目にも、清水が選んだその店は、なかなか好ましく映《うつ》った。

シンプルなインテリアと、酒の色がちゃんとわかる程度には明るい照明、落ち着けそうな大振りの椅子《いす》やテーブル。カウンターのスツールも、客が不安定に感じるほど高くはない。雨足がかなり和《やわ》らいだせいか、客の数は思ったよりも多かったが、顔ぶれを見ると気《き》後《おく》れするほどに若くはなく、喋り方もおだやかな人たちが多い。

「いいお店ね」

女将が囁《ささや》くと、清水は頷いた。

「最近、商売仲間に連れて来て貰って気に入ったんだけど……実は、来るのは二度目なんだ。いい店だけど、ひとりでバーってのも何か、照れるしさ」

「変な清水さん」

女将はクスリと笑う。

「あたしなんか、もう何年も、バーに入る時はいつもひとりよ」

「吉永さんもバーで飲んだりするんだね」

「たまぁにね。お店を早く閉めちゃって、それで何だか、ふっと物足りない、そんな夜に」

二人はカウンターではなく、ソファの席に座った。カップルが肩を並べて座るのに丁度よい、ラブ・ソファの大きさだ。

清水は、チャーチル、と名付けられたマティーニのエキストラドライタイプを選ぶ。女将は、アガサ、と名付けられた、ダイキリを注文した。他のカクテルもそれぞれ、イギリスの著名人の名が付いている。

「なぜ、アガサなのかな」

清水の質問に、女将は、さあ、と小首を傾《かし》げた。

「アガサ・クリスティのアガサでしょう、きっと」

声がして、二人は同時にそちらを見た。

背中合わせになったソファに座っていた男性がこちらを振り向くようにしている。白髪混じりだが綺麗に撫《な》で付けられた髪と、カジュアルだが上品な服装をした、五十代くらいの男だった。

「そうなんですか」

清水が人なつこい性格そのままに、からだごと振り返った。

「どうしてなんです？」

「アガサ・クリスティの名作に、ダイキリが出て来る作品があるんです。『鏡は横にひび割れて』という作品で、エリザベス・テイラーの主演で映画にもなりましたよ」

「なるほど。ポワロが出て来るんですか？」

「いいえ、ポワロは出て来ません。ミス・マープルという、チャーミングで詮索《せんさく》好きの老婦人が探偵役なんです。ミス・マープルのシリーズは、ポワロのシリーズと比べると派手さはないんですが、小道具が洒脱《しゃだつ》でわたしは好きですね。『鏡は横にひび割れて』でも、ダイキリがとてもスマートに登場します。最近はフローズン・ダイキリの方が若い人には人気があるみたいだが、ダイキリというのは味に潔さがあって、それでいて尖《とが》っていない、女性が選ぶカクテルとしては秀逸だとわたしは思っているんです」

「いろいろとお詳しいんですね」

「あ、いや」

男は頭を掻いた。

「初対面の方を相手にお喋りが過ぎましたね。わたし、こういうものなんです」

男は名刺を清水に手渡した。

「あ」

清水は驚いた顔になった。

「河田正一郎《かわだしょういちろう》さん……『カルカソンヌ黄昏《たそがれ》紀行』を書かれた……？」

「光栄ですな」河田という男は嬉しそうに笑った。「わたしの本をご存じとは」

「先週、読み終えたばかりなんです。大変に面白かった……吉永さん、ほら、話さなかったかな、フランスのカルカソンヌっていう古城を舞台にした小説で、とても面白いのがあるって話」

「ええ」

女将も驚いて頷いた。

「清水さん、とっても感動したって……あの、こちらが?」

「河田と言います」

河田正一郎は女将にも名刺を手渡した。女将も、慌てて名刺を取り出して河田に手渡した。こんなところで名刺を配ることになるとは思っていなかったので、女将は偶然にもカード入れに数枚、名刺が入っていたことにホッとした。

「清水さんは……ほう、アンティーク・ショップのご経営ですか。実は、わたしの母親が大変に好きでしてね、アンティークの小物が。もう随分前に死にましたが」

「アンティークと付けてはいますが、わたしのところで扱っているのはどちらかと言えばブロカントなんです」

「ブロカント?」

「本来アンティークと呼べるのは、百年以上は経《た》っていて、美術品としての価値や歴史的な価値も加わったような、高級なもの、日本で言えば骨董品にあたるものだけなんですよ。その他の、数十年程度の古さのもの、日用雑貨などは、ブロカントと呼ばれています」

「ああ、パリの蚤《のみ》の市に出ているようなものですね」

「そうです。今、日本でもああしたブロカントが大流行しているんです」

「なるほどねぇ……蚤の市に出るようなものはアンティークとは呼ばないのか」

「蚤の市に出ているものでも、アンティークと呼べるものはありますよ。そのあたりも雑多で玉石混淆《ぎょくせきこんこう》なのが、蚤の市の面白いところですね。しかし、わたし自身が実は、アンティークよりブロカントの方が好きなんです」

「ほう」

「面白いんですよ。ブロカントには何て言うのか……生活の過去、が見えるというのか」

「生活の、過去」

「あ、いや」清水は照れたように笑った。「本職の方の前で似合わない表現は止《や》めておきます」

「いや、なかなか面白そうな話だ。ご迷惑でなければ拝聴したいのですが……」

「あ」

女将はすぐさま、自分のカクテルグラスを端に寄せてテーブルの上に隙間《すきま》を作った。

「あの、よろしかったらこちらにお座りになりませんか」

「え、しかしそれでは……」

「あ、ご遠慮なく」

清水も言った。

「こちらの吉永さんとは、気の置けない友人という感じですので、その……お気遣いは……」

河田は陽気に笑って、スコッチのグラスを持ったまま清水の前の席へと移動して来た。

「何だか図々しいみたいだな」

「いいえ、わたしの方こそ、作家の方とこんなに親しく口をきいていただけて嬉しいです」

「作家と言っても、貧乏作家ですからね。でも、思わぬところで読者の方にお逢いできて、今夜は本当に幸運でした。で、良かったらその、ブロカントの話ですが」

清水は一度頷いて、半ば照れたように話を続けた。

「まあ要するにブロカントというのは、身近なものが多いだけに、昔それを使っていた人の顔が想像出来る、そんな意味ですね。それに、ブロカントの良さというのは、何と言っても値段が安いので気軽に使えることでしょう。アンティークの場合には、その品物の用途というのがなかなか変えられない厳格さがあるんですが」

「厳格さ、ですか」

「ええ。歴史を経て来た重みというか、品物自体が強い主張を持ってしまうことがあるわけです。だから、本来の用途とは違う使い方をしたり、奇抜な置き場所を思いついたりしても結局、品物そのものの主張に押し戻されて、いつの間にか本来の置き場所や用途に収まってしまいます。それがブロカントだと、品物自体が自由奔放というか、大らかというか、どこに置くのも何に使うのもアイデア次第、という性質があるんですよ」

「つまり、本来の使い方ではない使い方をしても許されるということですね？」

「そういうことです。たとえば笑える話なんですが、戦後すぐに病院で使われていたガラス製の溲瓶《しびん》をさり気なく店頭に出しておいたところ、若い女性がとても気に入って買ってしまったんです。わたしはいちおう、溲瓶だったということは説明したんですが、彼女はまったく気にせずに、玄関で花入れに使うと言うんですよ。で、数日経って彼女が、その溲瓶をどう使っているか写真に撮って見せに来てくれたんですが、これが見事でした。彼女は溲瓶の底にハイドロボールと綺麗な色のビー玉を入れ、ポトスを植えてしまったんです。汚い話で恐縮なんですが、お小水を捨てる口のところからポトスの葉が垂れ下がって、なかなかいい感じで、さらに彼女はそれをさり気なく、使い古した麻の布でくるんで、玄関の靴箱の上に置いていました。そうなると溲瓶はまるで溲瓶ではなくなって、まるでそのポトスを飾る為にあつらえた工芸品のように見えるんです」

河田は笑いながら大きく何度も頷いた。

「なるほど、なるほど。それは素敵だ！」

「最近の若い女性は、ブロカントとの付き合い方がとても上手ですよ。パリの人たちもブロカントをとても上手に生活の中に取り入れて活《い》かしていますが、日本でもそうした、チープなものと上手《うま》く楽しく付き合うという考え方が、ようやく一般的になって来たようで嬉しいですね。いや、高度成長期が始まった頃までの日本人は、パリの人たちと同じくらいそうしたことが上手だったんですが……」

「消費が美徳とされる風潮の中で退化してしまったんだろうね、そうした感覚というのが」

「そうだと思います。新品が簡単に手に入る状況が、そこにある物を最大限に利用する、という感覚を鈍《にぶ》らせたんです」

「そうした意味では、今のこの大不況というのは、そういう感覚を取り戻すには絶好のチャンスだね」

「そう思いますね。ブロカントと暮らすというのは、リサイクルの形態としては最高なんですよ。一切の余分なエネルギーを消費せずに物の再利用が出来るわけですから」

河田は清水のブロカント考にすっかり感心したようで、しきりに頷きながら、清水と熱っぽく会話している。

女将は、自分のグラスのダイキリを啜《すす》りながら、そんな二人の会話を心地よく聞いていた。

「お」

不意に河田が話を中断して顔を上げ、店の入口を見た。

「こっちだ、こっち」

河田が、待ち合わせしていた相手を手招きする。

入って来たのは中年の女性だ……女将は、驚きで思わず立ち上がりそうになった。

だが、女将は堪《こら》えて、下を向いた。

「遅かったじゃないか」

「ごめんなさい、弁護士さんとの話し合いが長引いて」

女性が河田の横に座る。

「清水さん、吉永さん、紹介します。こっちが、わたしのフィアンセで、服飾コーディネーターの塚田万里《つかだまり》です」

「ちょっと、先生」

塚田万里は恥ずかしそうに河田の膝を叩いた。

「こちらは、たった今友人になった、清水さんと吉永さん。いや、今夜はここに来て本当に良かったよ。今、清水さんから面白い話を聞いたところなんだ。どうやら、次の書き下ろしのアイデアに盛り込めそうな話でね」

「まあ」

塚田万里は華やかに笑って、座ったまま清水に頭を下げた。

「ありがとうございます」

そのまま顔を上げて、塚田万里は女将の顔を凝視《ぎょうし》した。

「……美鈴……さん？」

万里が、穴があくほど女将を見つめている。

「谷山《たにやま》美鈴さんでしょう？」

「あ、いえ」

女将は仕方なく顔を上げ、小さく首を横に振った。

「わたくしは……」

「吉永悦子《えつこ》さん」

河田が女将の名刺を万里に見せた。

「ほら」

「あらほんと」

万里は恥ずかしそうに口にハンカチをあてた。

「ごめんなさい、わたくしったら……パリにいた頃の知人にあんまりよく似ていたものですから。でも、そうよね、彼女が日本に戻っているわけないんだったわ」

店員が注文を聞きに来て、万里はシェリーを注文した。

女将は、万里があっさりと納得してくれたことにホッとした。

「塚田さんもパリにいらしたんですか」

清水の問いに、万里は頷いた。

「まだ二十代の頃なんですよ……当時は日本の高級婦人服のメーカーに勤めておりましてね、パリにあったアンテナ・ショップに派遣されていたんですの」

「じゃ、君も蚤の市には行った？」

「そりゃもう！」万里は河田に向き直るとはしゃいだ声を出した。「大好きだったわ！週末は必ず蚤の市に出掛けたものよ。あの頃に買い集めたものは、今でも大切にとってあるのよ」

「清水さんはアンティーク・ショップを経営してらっしゃるんだ。今もね、ブロカントの面白さについて教えていただいたところなんだよ」

「ブロカントって、古道具や古い雑貨のことですわよね。わたくしも大好きなんです！」

「それじゃぜひ、うちの店にも遊びにいらしてください。神田《かんだ》なんですが」

清水は簡単に店の場所を説明した。

「ありがとうございます。寄らせていただきます……あの、清水さんのお店では陶器も扱ってらっしゃいます？」

「ありますよ。古いマイセンなどの高級品はさすがに置かないですが、古伊万里《こいまり》の比較的安いもの程度までなら扱っています。どんなものがお好みですか？」

ていまはフランスの陶器、あれが好きなんです」


「わたくしあの、緑や青色でお花なんかが大きく描かれて、その絵のところが浮き上がっているフランスの陶器、あれが好きなんです」

「ああ」清水はマティーニを啜りながら頷いた。「バルボティンヌですね。あのセンスは日本人にはなかなか受け入れられないかな、と思っていたんですが、そうですか、バルボティンヌの楽しさがわかる人がいて嬉しいな」

「何なんですか、その、バルボティンヌというのは」

河田が好奇心を顕《あらわ》にして訊く。

「十九世紀末から二十世紀初頭にかけて、ほんの短い間にだけ大流行した陶器なんです。レリーフというのか、浮き上がるように絵柄の部分が突出して作られていて、その上から鮮やかな色で彩色してあるんですよ。けっして高級品じゃなくて、いわば庶民の家で使われた陶器なんで、皿だとか水差し、鉢カバー、カップなど日用のあらゆる雑貨にあるんですが、流通していた期間が短いので、蚤の市などに出ると引っ張りだこですね。パリにはバルボティンヌを扱うブロカント・ショップもたくさんあります」

「稀少《きしょう》品なんですか」

「いいえ、そんなことはないです。流通していた期間は短かったんですが、爆発的に流行したので、数はけっこうあるんです。ただ、信楽《しがらき》焼と一緒で比較的柔らかな陶器なので、欠けやすいんですね。まったく傷のない完全な状態のものは少ないです。そうですね、パりで買うとして、ミート皿みたいなもので一枚、五〇〇F《フラン》前後から、というところじゃないかな」

「そのくらいの値段なら、プレゼントに出来るね」

「いいと思いますよ」

清水は乾杯するように、グラスをちょっと持ち上げた。

「いいものが入ったらご連絡しましょうか」

「ぜひ、頼みたいな。十九世紀末というと、アール・ヌーボーかな」

「そうですね、アール・ヌーボーからアール・デコへと移る期間じゃないでしょうか。ですから、一言で言うと絵柄がゴテゴテしているのが特徴で、あまりすっきりとした印象じゃないんですよ。色もしつこめに使いますから、それ一個だけ見ると何となく安っぽい感じもします。そのせいか、日本人にはあまり好まれないみたいなんですが、なぜかフランスではここ数年、バルボティンヌの人気が復活しているんです。一種の世紀末感覚なのかなぁ、なんてわたしは勝手に解釈しているんですが。でも、バルボティンヌは個性が強いだけに、インテリアの中にうまくはまるととても素敵なんです。たとえば、最近流行《はや》っているモダン趣味の和室の床の間に、大きめのバルボティンヌの水差しなどぽんと飾って、そこにススキなんかをどさっと生けたりすると、これが思いの外《ほか》良かったりするわけです」

「考えただけで楽しそう！」

塚田万里が朗らかに言った。

「清水さんにご相談したら、楽しい使い方が覚えられますね」

「今度、遊びに行かせて貰うといいよ」

河田は、一同のグラスを見回し、店員に手を振って呼んだ。

「みなさん、もう一杯いかがですか」

「あ、そうですね、僕は同じものを」

「わたしも」

女将は空《から》になったカクテルグラスを見て言った。

「さっきの話に戻るんですが」

河田は、女将の前の空《あ》いたグラスに目を向けた。

「クリスティの『鏡は横にひび割れて』では、そのダイキリの中に毒が入れられていたという設定なんです。変な話なんですが、女性というのは人殺しを考えた時に毒殺に走る傾向が強いと言われていますね」

「先生ったら、イヤね、毒殺の話なんて」

「いや、こちらの吉永さんは小料理屋さんを経営していらっしゃるんだ。いろいろとお客さんと人生について話したりすることも多いんじゃないかと思ってね」

「わたしは……口下手な方なんです。うちの店はおひとりでいらっしゃるお客様が多いんですけれど、わたしのお喋りを期待して来られた方はがっかりされると思いますわ」

「男性客が多いんですか」

「いえ……そうですね、比較的、女性のお客様が多いようです」

「女性の立場から考えてどうですか、毒で殺す、というのには何か、女性特有の感性と呼応してしまう部分があるんでしょうか」

「先生、次の作品の材料ね、それも」

河田は笑いながらまた頭を掻いた。

「いやもう、これは作家の性《さが》って奴で」

「わたしにはよくわからないんですけれど」

女将は、新しく前に置かれたグラスにちょっと口を付けた。

「たぶん……直接相手の肉体に傷を付けるという行為が恐いというか……」

「なるほど……毒というのは暴力的じゃないというイメージがあるわけだ」

「わたくしは毒はイヤ」

万里が言った。

「どうして？」

「だって、苦しそうな顔しているのが見えてしまうじゃないですか」

「君ならどうやって人を殺す？　たとえば、の話としてさ」

「そうねぇ」

万里はグラスの酒を啜って、年齢からすると随分可愛らしく小首を傾げた。

「わたくしなら、ビルの屋上に呼び出して、エイッて突き落としてしまうわ。それなら、死ぬ瞬間を見ないですみますものね。それで走って逃げてしまうの」

「君は意外とドジだからね」

河田が言った。

「突き落としたつもりが、相手は屋上の張り出し屋根か何かに飛び降りてピンピンしてたりするよ、きっと」

一同は、万里が河田の膝をまた叩くのを見ながら笑った。

2

ようやく晴れたせいか、今夜は忙しかった。閉店時間ぎりぎりまで調理に追われ、最後の客を送り出して店内の清掃を済ませると、もう午前二時を回っていた。

何となく、疲れがどっと押し寄せて、女将はカウンターに腰掛けて、昼間清水が置いて行ってくれた、バルボティンヌの小皿を手にとって眺《なが》めていた。フィアンセにプレゼントする為に河田が清水に頼んだものなのだが、ついでだからと多めに仕入れたので、ひとつプレゼントする……そう言って、アスパラガスとトマトのレリーフが浮き出た、緑一色の皿を二枚、くれたのだ。緑一色のものはプロヴァンス地方に多いらしい。レリーフが野菜というのが、いかにもプロヴァンス風だ。だが、店でこれに料理を盛りつけるのはかなり難しそうだ。思い切って、鰆《さわら》の焼き物なんか載《の》せてしまったらどうかしら？　ちょっとあざといかな……

トントン、とガラスの戸を叩く音がして女将は驚いた。

「あの、もう閉店したんですが……」

立ち上がって戸のところまで行くと、清水の声が聞こえた。

「申し訳ない。近くまで来てふと吉永さんのこと、思い出してね……ちょっと、相談したいことがあるんだが」

女将は慌てて鍵を開けた。

「運が良ければまだ店にいるんじゃないかと思って寄ってみたんだ」

「良かったわ、今夜は遅くまでお客さんがいたの。でも珍しいのね、こんな真夜中にこの辺りに用事なんて」

「実はね」

清水は当惑《とうわく》したような表情を浮かべた。

「警視庁に呼ばれていたんだ」

女将は驚いて口を開けた。

「警視庁って……」

「いや、直接僕のことじゃないんだけど」

清水はカウンターに腰掛けた。女将は、清水の為にビールを一本とコップを用意してカウンターに置いた。

清水はせっかちに女将が注いだビールを飲み干し、本当に旨《うま》そうに、ふぅ、っと息を吐《つ》いた。

「参考人とは言え、イヤなものだね、刑事と事件のことで話をするのって」

「事件って……いったい何があったの？」

「このあいだ乃木坂で一緒に飲んだ、作家の河田正一郎さんだけど」

「ええ」

「娘さんが毒殺されかけたらしいんだ」

「……いつ？」

「今夜、七時頃だったらしい。実はね、河田さんは昨年離婚したばかりでね、前の奥さんとの間に、七歳になる娘さんがいるんだ」

「七歳？」

「うん、四十五の時に出来たお子さんらしいよ。前の奥さんとも十七も歳が離れていたんだそうだ。でもその奥さんとは五年前から別居状態だった。で、その娘さんは、河田さんが育てていたんだ。まあ、その辺りの事情はよくわからない。普通だと夫婦が別居した場合、子供は母親が連れて出るケースが多いだろうけど、奥さんも二歳の子を連れていたのではいろいろ大変だったろうし……離婚がなかなか決まらなかったのも、親権の問題で揉《も》めたからなんだね。結局裁判になり、親権は河田さんに認められた。娘さんは河田さんとそのまま暮らすことになったわけだ。それが今夜、その娘さんが、河田さんが留守の間に毒を飲んで意識不明の重体に陥《おちい》った」

女将は驚きで言葉が出なかった。

「河田さんの家には住込みの家政婦さんがいてね、河田さんが仕事や付き合いで遅い時にも、娘さんの生活の面倒はその家政婦さんがみているんだ。今夜も六時に夕飯が済んで、家政婦さんは夕飯の後かたづけをキッチンでしていた。娘さんは居間でひとりでテレビを観ていたらしいよ。それが、家政婦さんが後かたづけを終えて、果物を持って居間に入ると、娘さんが倒れていた。すぐに救急車が呼ばれて娘さんは病院に連れられて行ったんだが、毒物中毒だったんだ」

「毒の種類は？」

「まだ特定出来ていないみたいだね。もちろん、家政婦さんはすぐに警察に呼ばれたわけだけど、その家政婦さんには娘さんを毒殺する動機なんてまったくないだろう？　それに、そんな状況で毒殺したとしたら真っ先に疑われてしまうからね。刑事の言葉の感じでは、家政婦さんはシロだと思われているね。で、その代わりに警察が疑っているのがどうも……塚田さんなんだ」

女将は衝撃を受けた。

あの塚田万里が……まさか……

「塚田さんと河田さんとは、三年くらい前から交際していたらしくてね、娘さんと塚田さんは表面的にはとても仲が良かったんだそうだ。しかし警察は、結局のところ再婚したら前妻の娘が邪魔だと塚田さんが考えたんじゃないか、そう疑っている。ただ、塚田さんは今夜、いちおうアリバイがあるんだ。実はね、例のバルボティンヌのことで、六時前から塚田さんが僕の店に来ていて、帰ったのは八時少し前なんだよ。その時刻にはもう、娘さんは病院にいたわけだ」

「それで警察に？」

清水は頷いた。

「十一時過ぎに電話がかかって来てね……結局塚田さんは、重要参考人ってことで今夜、警察に泊められているんじゃないかな。もちろん、まだ逮捕されてないから留置場に入ってるわけじゃないと思うけど」

「でも、アリバイはあったんでしょう?」

「そうだけど、毒を娘さんに手渡したのは何も今夜じゃなくてもいいからね。今夜は家政婦さんが誰も来なかったと証言しているわけだから、今夜のアリバイがあってもなくても無関係なんだ。警察が僕に確認したかったのも、アリバイのことじゃなくて、今夜の塚田さんの態度というか、どんな話をしたかとか、そんなことみたいな感じだったね。と言うより」

清水はクスッと笑った。

「なんか僕、塚田さんと何か関係があった男みたいに疑われてたフシがあるんだ」

女将は思わず、何度も瞬《まばた》きした。

清水は苦笑《にがわら》いしたまま頭を振った。

「実はさ……奇妙な話なんだけど、あの塚田さんね、僕と……吉永さんのこと、私立探偵に頼んで調べさせていた形跡があるんだそうだ」

女将は、驚愕《きょうがく》して、眩暈《めまい》を感じた。

やはり塚田万里は、納得していなかったのだ……

「吉永さん……どうしたの?　大丈夫?」

女将は立ち上がり、コップを持って戻った。

「あたしも、一杯、いただくわ」

清水が注いでくれたビールを一気に飲み干す。それでも、心臓の激しい鼓動がなかなか収まらなかった。

「どうしてそんなことをしたのかは、塚田さんにちゃんと訊いてみなくちゃならないけど、たぶん、マスコミと繋《つな》がっていないか調べようとしていたんだろうって警察は言ってる」

「マスコミ……」

「河田さんは確かにベストセラー作家じゃないけど、あの『カルカソンヌ黄昏紀行』で、今年の日本文学賞を受賞するだろうって言われている人だからね、いくら離婚が成立したとはいえ、十七歳も年下の妻と別居中から服飾コーディネーターと不倫して、あげくに娘の親権まで奪ったなんてスキャンダルがばらまかれたら大変だと考えているんじゃないかな。まあともかく、僕と彼女が何もないってことだけは、警察に納得して貰えてホッとしたよ」

「え、ええ……」

女将は注意深く清水の表情を読んだが、清水はそれ以上何も疑っている感じではなかった。

「それにしても……その娘さん、本当にどこから毒物なんて手に入れたのかしら」

「まだ重体で口がきける有り様じゃないから、何とも言えないけれど、まあ、誰かから貰ったとしか考えられないよね。それも、毒だなんて知らずに貰ってる……娘さんの産みの母親は半狂乱になって、病院で塚田さんがやった、あの女は人殺しだって喚《わめ》いていたそうだ。でも、警察ってのは非情なものだよ……警察は、その母親も容疑者のひとりだと考えている」

「そんな！」

「信じられない、だろう？　でもね、母親が二歳の子を残して家を出てしまったってことが、警察の常識からすると理解出来ないみたいなんだ。母親が子供を置いて家を出るってことがね」

「そういうことは」

女将は唇を湿らせ、そして囁いた。

「あり得ることなのよ……どうして世間の常識って、どんなにぎりぎりになっても母親の背中に子供をおぶわせようとするのかしら……もし子供と一緒なら……ふたりとも死ぬしかない、そんなふうに考える瞬間だって……あるってこと、どうしてわかってあげようとしないのかしら……」

「日本の場合には、子供を捨てて家を出る女よりも子供を背負って電車に飛び込む女の方が同情されるからね。外国なら、どんな事情があっても子供を殺す親は悪魔だと見なされる。殺すくらいならなぜ捨てないんだ、そう言われるのにね」

「そうやって無理に背負わせてしまうから、一緒に死ぬしかなくなるのに」

清水はコップに二杯目を注いだ。

「いずれにしても警察は、塚田さんか実の母親のどちらかを犯人だと考えているみたいだ。母親の場合なら、殺すまでのつもりはなくて、ただ騒ぎになれば親権を取り戻せると考えた、という推測も出来るみたいな口振りだったね。まあ、頭の中でなら何だって考えられるけど……それだけの為に実の娘を危険に晒《さら》すってのは、むしろ理解出来ないけどなぁ」

「他の人から毒を貰った可能性って、本当にないのかしら」

「普通に考えて、小学校二年生の女の子が毒薬を見知らぬ誰かから貰うなんてシチュエーション、想像出来るかい？」

「通り魔のような人は？」

「まあ、ないとは言えないけどね。でも、子供を殺して興奮するような狂人なら、毒薬を手渡すだけで満足はしないだろう。その場で飲ませようとするんじゃないかな。ただ、不思議なことがひとつあるんだそうだ。警察の調べではね、娘さんが居間でお菓子の類を食べた形跡がないって言うんだよ。包み紙とか空き箱とか、ジュースの空き缶、そういったゴミが何も見つからなかったらしいんだ。誰が毒を手渡したにしろ、むき出しのまま渡すなんて考えられないだろう？　お菓子か何かに見せかけてあったと考えるのが自然じゃないか」

「薬は？」

「それだって、紙にくるんであるか瓶に入っているよ。むき出しのまま渡されたとすれば、その場で口に入れるとしか考えられない。だけど家政婦さんに動機がないとしたら、今夜居間でそれを口にしたにしては、そうした包みの類が見つからないというのはとても奇妙な話じゃないか？」

清水の言う通りだった。

赤ん坊や幼児ならともかく、女の子で七歳と言えば、かなり物事の道理や規範を理解している年齢だ。食べ物をむき出しのまま長時間隠し持っていて、そのまま口に入れてしまうというようなことをするとは思えない。

「本当に、何も見つからなかったのかしら。警察が見落としたということはないのかしら」

「日本の警察、特に鑑識はものすごく優秀だからね、見落としなんてことはないんじゃないかな。ただね、実は気になることがひとつあるんだ」

女将は清水の顔を見た。

「警察からね、これはおたくが塚田さんに売ったものじゃないのかって、指輪を見せられたんだ」

「指輪？」

「透明なビニールの袋越しに確認しただけなんだけど、どうやらアンティークの指輪なんだ」

「それが、どうしたの？」

「うん……家政婦さんが、救急車で娘さんと病院に急ぐ途中で、娘さんがその指輪を握りしめているのに気付いたらしいんだよ。だけど家政婦さんには見覚えがなかった。警察が最初、塚田さんのアリバイを気にしたのは、その指輪のことがあったかららしい。見ただけで古い物だとわかる指輪だったんで、アンティークや雑貨が好きな塚田さんのものだと見当を付けたんだろうね。でも、塚田さんは自分のものではないと否定した。実際、この前塚田さんと話した限りの印象では、彼女が趣味にしているのはブロカントの陶器や食器の類で、宝石のはまったアンティークの指輪などを集めているという話は出なかったものね」

「高価なものなの？」

「うん……大きさは大したことないんだけど、石は本物のルビーとサファイアで、台は金だね。鑑定に出したわけじゃないから間違っているかもわからないが。ただし相当古いもので、金の含有量を示す記号は見当たらなかった。だから逆に、もしかしたら純金製という可能性もあると思うよ」

「それじゃ、かなり？」

「そうだなあ……もし宝石や金が本物だとしたら、僕の見立てだと遅くとも十九世紀初頭の作品だからね、アンティークのオークションにかけたら、百万以下ということはないと思う。店頭での売値なら、二百万は軽く超えてしまうかも」

「ブルガリ並ね……」

清水は笑った。

「いずれにしても、バルボティンヌを集めているような人が手を出すとは思えない品だね。それに指輪そのもののサイズもとても小さくて、そうだなぁ、せいぜい6号か7号というところかな。塚田さんの指は、確かめたわけではないけれど、9号くらいじゃなかったかい？」

「そうね」

女将は無意識に自分の指を見た。

「塚田さんのものだったとしたら、サイズの合わない指輪なんかどうして持っていたんだか……いや、もちろん、ただのコレクションとして持っていた可能性はあるけど」

女将は、自分の指を見つめたまま、小声でそっと言った。

「あの……あたし、ちょっと思い出したんだけれど……河田さんが言っていなかった？

河田さんのお母さんが、アンティークの小物がとても好きだったって」

「河田正一郎の母親？」

清水は一度首を傾げてから、大きく手を打った。

「そうだ！　言っていたよ、確かに！」

「だとしたら、ひとつ、可能性があるんじゃないかしら……七歳の女の子が、父親や家政婦の目が届かない時に、箪笥《たんす》の引き出しなんかを開けて中を探るということは。それで、亡くなったおばあさまの形見の指輪を見つけ出してしまったのかも」

女将は、清水の耳に囁くように言った。

「その指輪……宝石の部分が少し盛り上がったデザインじゃ、なかった？」

清水は女将の顔を見た。そして大きく目を見開いた。

「……そうか！　いや、確かに……あれがそうだとしたら、普通のものよりはだいぶ薄いが……でも、きっとそうだ！　他には考えられない」

清水は何度も頷いてから、なぜか照れたように下を向いて言った。

「吉永さん、すごく迷惑かも知れないんだが、明日の朝、一緒に警察に行ってくれないかな。電話すれば済むことなのかも知れないんだけど、僕もいちおう骨董屋だからね、あの指輪がそうだってことをこの目で確かめてみたいんだ。いや、ひとりで行けばいいんだけどね……その……警察に塚田さんとの仲を疑われているから、僕の言葉がどこまで信じて貰えるか自信がなくて……吉永さんと一緒なら……」

清水の首が見る間に赤く染まった。

塚田万里とは何でもない、自分には……恋人がいるのだ、と、自分を疑った刑事に見せてやりたい。清水の心の中が覗けて、女将も思わず頰を赤くした。

もちろん、清水とは男と女の関係はない。そして女将は、しばらくの間、どんな男性ともそうした関係にはなりたくないと思っていた。だが、清水の恋人だと他人に思われることは、少しも嫌ではない……むしろ……むしろ……

「お供《とも》しますね」

女将が言うと、清水はますます赤くなった。

＊

刑事に借りた手袋をはめて、清水は慎重な手つきで指輪を袋から出した。

取調室のようなところに入れられることを想像していたのだが、二人はとても広くて明るい会議室に通され、応対した村山《むらやま》という名の刑事の物腰も、随分と丁寧だった。

指輪は本当に小さかった。たぶん、6号もない、まるでピンキー・リングのようだ。塚田万里のものではないことは明らかだろう。

いったい、今から二百年近くも前に、どんな華奢な女性のためにそれは造られたのだろうか。もしかしたら、おとなの女性のものではなかったのかも知れない。たとえば……政略結婚で十一歳や十二歳という年齢で男の元に嫁がされてしまった、当時の貴族の令嬢……

清水は、爪楊枝《つまようじ》を持参していた。刑事が目を丸くして見つめている中で、清水の慎重な手つきが、そっと爪楊枝の先を宝石と宝石の隙間に滑《すべ》らせる。

女将は息を殺して見守った。

やがて、音もなく、宝石が埋まっていた指輪の表側の模様の部分が、蓋のように開いた。

「そういう仕掛けだったのか！」

村山が叫んだ。

「わたしも、こんなに精巧なものを見たのは初めてですよ。普通はもう少し厚みがあるんで、一目見ただけでそうじゃないかな、と見当が付くんですが」

「何のために……写真を入れるんですか？」

「いいえ」

清水は指輪をそっと、刑事の方に突き出した。

「こうやって使うんです」

蓋の開いた指輪の、ほんの僅《わず》かな隠された場所に、薄桃色の小さな錠剤が入れられていた。

刑事は言葉を呑《の》み込んだ。

「……毒！」

「いえ」清水は微笑んだ。「この匂いは……違いますね。たぶん、ラムネだ」

「ラムネ!?」

女将も驚いた。村山は慌てて、錠剤に鼻を近づけた。

「本当だ……ラムネ菓子の匂いだ、こりゃ」

村山は、恐々、小指の先にその錠剤を取ると、舌先で本当に僅《わず》かに、触れた。

「……ラムネだ」

村山は言って、ふうっと息を吐いた。

「しかし……誰がこんなことを」

「ラムネ菓子と縁のありそうな人物はひとりしかいないでしょう。河田さんの娘さんですよ。娘さんは、この指輪を見つけて偶然蓋を開けてしまい、中に入っていた錠剤を薬だと思ったんでしょう。好奇心の旺盛な年頃ですから、指輪の中に入っていた薬というのを舐《な》めてみたくてたまらなくなった。だが後で見つかって怒られたら困ると思い、錠剤を抜いて、中にラムネを入れておいたんです」

「だが、菓子の包みはどこにもなかったぞ」

「ラムネというのは最近、どうやって売られているかご存じですか、刑事さん」

「……いいや」

「コンビニでよく、キャラクターの小さなオモチャやぬいぐるみ、マスコットやカードなどを売っているでしょう？　子供たちが夢中で集める、あれです。だが、玩具として販売する場合にはメーカーが玩具製造に関してきちんと許可を取らないとならないんですよ。だからあれらの細かなオモチャは、玩具としてではなく、あくまで菓子として販売されているんです。その為に、ラムネのように製造コストが安く、かさばらないお菓子を、ほんの少しだけ箱の中に入れるわけですね。子供たちは本来はおまけであるオモチャが欲しくて買うわけですから、ラムネなどは見向きもしません。律儀に食べる子もいますが、大抵は、オモチャを取り出した箱と一緒に、コンビニのごみ箱に捨ててしまうんだそうです」

「もったいない話だな」

「ええ。河田さんの娘さんもコンビニかどこかでそうしたオモチャを買い、すぐに中身を取り出して箱は捨てた。けれど、ラムネは後で食べようとポケットにでも入れて持ち帰ったんでしょう。そうしたラムネはとても小さな袋に入っているんです。もし家政婦さんが今朝《けさ》はまだゴミを回収に出していなければ、河田さんの家のゴミを総《すべ》てひっくり返せばきっと、小さな小さな袋が見つかるはずです。一見すると持ち帰り寿司に付いているガリの入った袋みたいなものですから、警察の方も菓子が入っていたとは思わなかったかも知れません」

「だがどうして、指輪の中に毒なんか……」

「自殺用なんじゃないかな」清水は静かに言った。「中世からつい十八世紀くらいまでは、ヨーロッパの貴族が指輪に毒を仕込むということがあったようですね。江戸時代の武家の娘が懐剣を忍ばせて暮らすのと似たような感覚だったのかも知れません。あるいは、もっと攻撃的な意味があったのかも知れないですがね」

「それじゃ、あの毒はそんなに古いものなんですか」

「いや、たぶん、違うと思います。そんなに古い時代に錠剤というのは変でしょう。当時はこの中に、粉の毒薬を入れていたはずです。でも娘さんが代わりにラムネを入れたことから考えて、娘さんが飲み込んでしまったのは元々錠剤だったはずですからね。この指輪は、二百年の間、様々な人の手を渡り歩いて河田さんのお母さんの手に渡った。ですがそれまでに、何人もの人の人生を通り抜けて来たんです。アンティークの品物というのは、それ自体が自己主張するんですよ。その存在を、その使途や飾られる場所を、品物が選ぶんです。毒を入れるために造られた指輪の隠された場所には、持ち主が替わってもやはり、毒が入れられていた。いつその毒が入れられたのかはわかりません。でも、毒ではなくてラムネを入れてしまった娘さんは、品物の意志を裏切ってしまったんですね……娘さんを毒殺しようとしたのは、塚田さんでも実の母親でもなく、この指輪自身なんです」

＊

外はまた、雨になっていた。

女将がさし出した傘の中に、清水は頭を屈《かが》めて滑り込み、傘の柄《え》を自分で持つと、そっと女将のからだを傘の下に引き寄せた。

「濡れちゃうよ、吉永さん」

「娘さん……助かるといいわね」

「うん。刑事の話だと、危篤《きとく》は脱したみたいだから、たぶん大丈夫だよ」

二人は、ひとつの傘でばんざい屋を目指して雨の丸の内を歩いた。忙しそうに通り過ぎる勤め人たちの波の中で、二人だけは異邦人のように、ゆったりとしていた。

「hate like poison って言い回し、あったね」

清水が呟《つぶや》いた。

「激しく憎む……毒のように憎む。でも……もし、愛するがゆえに誰かを毒殺したとしたら、それは……love like poison、毒のように愛したってことに、なるのかな」

女将は、前を見つめたまま、自分の心臓の音を聞いていた。

なぜ、清水はこんなことを言い出したのだろう……清水は……何を知ってしまったのだろう……

女将は、息を吸い込んで、また吐いた。そして言った。

「清水さん……わたし……わたしの本当の名前は……谷山美鈴と、言います」

次の言葉が出なかった。出そうとしたが、どうしても、出て来なかった。

総てを話すには、まだ早過ぎる。

清水を今、失ってしまうのは、悲し過ぎる。

「そう」

長い沈黙の後で、清水が言った。明るい声だった。

「でも、僕は今まで通り、吉永さんって呼ばせて貰うよ。その方が慣れているから、さ」

清水が自分を見ている。女将は顔を上げた。

清水は、優しく微笑んでいた。

# 思い出ふた色
Black & White Memories

ばんざい屋の十月

## 1

「ばんざーいっ」

常連の司《つかさ》という男が両手を挙《あ》げた。

「今年初めての、ほんまもんのマツタケやーっ」

「そんなに大声出さないでよ、恥ずかしいじゃない」

司の会社の同僚とかで、気の置けない飲み友達なのかよく二人で現われる、たまちゃん、と呼ばれている女性が司の腕を叩く。

「マツタケぐらいで大袈裟《おおげさ》なんだから、ほんとに」

「マツタケぐらいとはなんや、ぐらい、とは。この季節、日本人ならマツタケを食わなあかん。それもカナダ産たら何たらではあかんのや、ほんまもんの国産の、それも丹波《たんば》産やないと、な！」

「贅沢《ぜいたく》言ってるわよ、ほんと。丹波産のマツタケなんて、デパートでいくらすると思ってるのよ」

「すみません、司さん」

女将《おかみ》は笑いながら謝った。

「さすがにうちみたいな店では、丹波産は使えないんです。使うと洒落《しゃれ》にならないお値段になってしまって。今夜のものは、岡山産だそうです」

「いいんですよ、女将。この人ただ言ってみたいだけなんだから。丹波産と岡山産の違いなんて、わかりっこないんだもの」

たまちゃんは、土瓶蒸《どびんむ》しの蓋《ふた》を開けて中を覗《のぞ》き込み、歓声をあげた。

「すっごーい！　こんなに入ってるぅ、マッタケ！」

狭い店内にどよめきが起こる。司とたまちゃんのカップルの他に、三組ほどいた客が次々に手を挙げた。

「こっちも土瓶蒸し、おねがーい！」

「お、マツタケ、いいねえ。女将さん、俺たちにも頼みます」

「よろしいんですか、皆さん」

女将はちょっと戸惑って、その日のおすすめが書かれた小さな黒板に目をやった。松茸《まつたけ》の土瓶蒸しは、千七百円の値段をつけてある。それでも国産の松茸を使ったので正直に言えば赤字なのだが、このばんざい屋のメニューの中では破格に高い料理になってしまっているのだ。だいたい、一人当たりの平均の支払額が二千円から三千円というこの店で、一品千七百円のメニューというのは、店の良心からしてもぎりぎりだろう。だから女将自身は、この季節になっても松茸をメニューに載《の》せるかどうか毎年悩んでいる。それほど国産の松茸は高価で、庶民の食卓とは縁遠いものになってしまっていた。輸入物で妥協すれば半分の値段で出すことは出来るのだが、残念なことに輸入物で新鮮な香りのある物には滅《めっ》多《た》に出遭わない。ほとんどが、人工的に生成された松茸の香りを後から振りかけたり、注射器で注入したりして香りをつけてある物ばかりだった。松茸の香りというのは、採取してから日に日に激減していくものなので、採《と》ってから売場に並ぶまでに時間のかかる輸入物の場合、それも仕方ないことなのだ。築地《つきじ》にコネでもあれば、輸入物でもごく新鮮なものを仕入れることは出来るのだろうが、女将はもともとの店で修業したわけでもない素《しろ》人《うと》出身だったので、仕入れのコネなども持っていない。

　今朝も築地で随分と迷って、ままよ、赤字でも客の喜ぶ顔が見られれば、と、思い切って仕入れた岡山産の松茸だった。

　女将はもともと、丹波地方の出身だった。子供の頃から松茸とは馴染《なじ》んで育ったので、箱に入っている物を見ただけでも鮮度の見分けには自信がある。幸い、今朝見つけたその岡山産は、昨日の朝に採取したばかりの新鮮なものだったので、とびきりの土瓶蒸しと松茸ご飯を作ることは出来たのだが、値段は赤字を抱え込んでもそれほどは下げられなかった。

それでも、千七百円の土瓶蒸しに幸福そうに顔を輝かせている客たちを見ていると、無理して仕入れて良かった、と思う。今年は今のところ関西の松茸は不作のようで、岡山産以外のものも品薄だった。

「ほんと、いい香り。こんなにおいしそうな香りのものって、ちょっとないよね」

たまちゃんはご機嫌で、土瓶蒸しを啜《すす》っている。

「女将さん、このおダシ、ハモですよね」

「ええ」女将は頷《うなず》いた。「本当はもう、反則ですけど」

「反則？」

「ハモは夏の食べ物なんです。終《しま》いハモも九月まで、まともなお料理屋さんでは十月にハモは出しませんね。うちみたいなとこは、安くて新鮮なものが仕入れられれば使ってしまいますけど」

「もともと東京ではあまり使わないですもんね」

「ええ。でも最近は東京でも、ハモがよく使われるようになりました。骨切りの技術もだいぶ一般的なものになったみたいで」

「お味がいいもんねぇ。すっごく上品で」

「鶏でもおいしく作れますけど、やっぱり土瓶蒸しはハモが好きです、わたしも」

「でもマツタケの旬《しゅん》は十月でしょ？　そうするとマツタケとハモは、ほんとなら一緒には使われない組合せですよね？」

「そうなんです。終いのハモと走りの松茸。共に、数の少ないもの同士、まさに一時の出逢いなんですよ。今はハモも年中出回りますし、松茸は輸入物が八月のはじめから店頭に出ますから、ハモと松茸の組合せも簡単に出来るようになりましたけれど、食べ物の季節が厳格だった少し前の日本では、こんなに贅沢な料理もない、というくらい贅沢な料理だったと思います」

「はぁ、そう聞いたらますます、有り難くなっちゃうわよねぇ。司ちゃん」

「有り難や、ああ有り難や有り難や」

「何よそれ」

「森羅万象総《しんらばんしょうすべ》てのものに感謝する、これが人間の基本や。今年もこうして、たった数切れとは言え、マッタケが食えた。こんな有り難いことはないがな」

「もう、司ちゃんたらすっかり関西弁《かんさいべん》」

「あら」

女将は色好《よ》く漬かった茄子《なす》の漬物を切りながら言った。

「司さんは会社では標準語を使われるんですか」

「そうなんですよ、女将さん。この人、会社では営業だから関西弁は御法度《ごはっと》なの。その反動で、ここに来るとこんなにべたな人になっちゃうんだから、面白いですよね」

「営業ではダメですか、関西弁は」

「あかんのですわ。吉本《よしもと》のおかげで最近の若い連中には関西弁もそれなりに受け入れられとるようなんですが、わしらの顧客はみんな年輩でっしゃろ、関西のアクセントがちらっと出ただけで嫌な顔されることもしょっちゅうで」

「ストレス溜まっちゃうよねぇ、司ちゃん。帰りたいでしょう、関西に」

「もう諦《あきら》めとる。子供も小学校に上がってもうたし、女房もすっかりこっちが気に入ってしもて、今さら関西に戻るなんて言うたら離婚されるがな」

「女将さんもあちらの人なんでしょう、もともとは。言葉、少しも混じりませんね、関西弁」

「こちらに来て長いですからねぇ……わたしの一生の内の半分近くはもう、関西を離れた時代で占《し》められました」

「全然帰らないんですか」

「ええ」

女将は茄子を上品に盛りつけた小皿を、司とたまちゃんの前に置いた。

「帰っても、家がないんです。生まれた家はとうの昔によそさまの物になってしまいましたし、もう、二親《ふたおや》とも他界いたしました」

「故郷《ふるさと》は遠くにありて思うもの」

司が大きな溜息をついた。

「わしとこも実家は兄貴の代で、正月に子供らと嫁はん連れて戻っても居場所はないし、兄貴の嫁さんには気ぃ遣《つか》わせて悪いし、結局ホテルに泊まる方が気楽やいうことになる。生まれた家だの、小さい頃に遊んだ場所だのは、思い出の中に大事にしまっとく方がええんやなぁ」

「変わっちゃうもんねえ。あたしなんかだって、実家は下町のね、ごみごみした商店街の中にあったんだけど、それでも近所には空《あ》き地もあったし、どぶ川だけど川も流れてて、公園で蟬《せみ》も捕《と》れたのよ。でも、この間《あいだ》ほんと、二十年ぶりくらいにふらっと行ってみたらさ、商店街はでっかい高層ビルに呑《の》み込まれてて、残ってる店なんかほんの数軒。空き地なんてどっこにもないし、川はいくらか綺麗になってたけど、人が近寄れないように柵で囲われててね、蟬捕りした公園は整備されちゃって噴水なんか出来てるんだけど、鳩《はと》とカラスしかいなかったわ」

「たまちゃんは下町っ子かいな。ちゃきちゃきか」

「まあね。でも中学の時に親の転勤で埼玉行って、それから千葉、群馬と渡り歩いたでしょ。短大でようやく東京に戻れた時に、憧《あこが》れてた山の手に住んでやろうって決心して川向こうの人になっちゃったから。今考えるとさ、下町の方がトレンドだったなぁってちょっと残念。お台場《だいば》だのウォーターフロントだのなんて、あの頃はさぁ、夢の島に近いってだけでなんか、ゴミだらけなの？　なんて言われてたんだもんねぇ」

司がまた大きな溜息をついた。

「ひとつところでじーっと生きとるゆうのも、それはそれでいろいろ苦労もあるやろし大変やろが、わしらみたいに運命に流されてあっちゃこっちゃと生きる場所を変えとると、農業なんかやって、大地にどっしりと根を下ろして生きとる人らが羨《うらや》ましい気になること、あるなぁ」

カラカラ、と引き戸が開いて、新しい客が入って来た。そろそろ十一時、なじみ客たちは終電の心配があるので腰をあげる時間だ。

入って来た客の顔を見て、女将は一瞬緊張した。だがいずれそうなるだろうとは覚悟していたので、小さく深呼吸するといつもの笑顔になった。

「いらっしゃいませ。どうぞ、こちら空《あ》いてます」

塚田万里は、軽く頭を下げて、女将が手で示したカウンターの席に座った。

「御礼をと思いまして」

万里は静かに言った。

「吉永さんが清水さんにヒントを出して下さったので、わたくしの疑いが晴れたと聞きました。本当にありがとうございました」

万里は座ったままで頭を下げた。

「これ、本当につまらないものなんですが」

万里が菓子折のようなものをカウンターに置いた。

「いやそんな、そんなことは。わたしは大したことはしてませんし……」

「今さっき、清水さんのお店も寄らせていただいたんです。同じ物で恐縮なんですけど……あの、お菓子ですから、常連のお客様のお食後にでも」

包み紙を見て、女将は納得した。銀座の超有名和菓子店の包装紙だ。

「そうですか、それでは」

女将は菓子折を受け取り、カウンターの下に仕舞った。

「あの、おまかせで見繕《みつくろ》っていただけます？」

「あら、でもそんな、お気遣いは」

「いいえ、本当にここでお食事したいと思って来たんです。清水さんが、吉永さんのお料理はとてもおいしいとおっしゃるものですから」

「女将の料理は絶品でっせー」

司が離れた席から笑って言った。

「素人料理ですから……でも召し上がっていただけるのでしたら、ご用意させていただきます。あの、お腹の空《す》き具合はいかがでしょう？」

「けっこう、ぺこぺこなんです」

万里が笑って肩をすくめた。

「しっかり食べたいな」

「わかりました……万里さんは、鶏肉は苦手でしたよね」

女将は、そう言って包丁を手にした。万里が小さく息を吐くのがちらりと窺《うかが》えた。万里は緊張していたのだ。過去の話を女将としてもいいのかどうか、わからずに。

「覚えていてくれたんですね……この前会った時は……」

「ごめんなさい」

女将は小さな声で言いながら、万里の前にきのこの和《あ》え物を置いた。

「忘れていたわけではないんです。ただ……察していただきたいんです……今はわたし、吉永として生活しています」

「はい」

万里は箸をとって、料理を口に運んだ。

「おいしい！　柚子《ゆず》の香りがほんのりして。ほんと、清水さんが言っていた通り、お味が京風なんですね」

「おばんざいです。京風と言っても、そんなにお上品で取り澄ましたお味じゃないでしょう？　京都でも庶民のおかずのおばんざいは、割合にしっかりとお味を付けるんですよ」

「ああ、どうりで。わたし実は、あまり京風なのって苦手なんですよ。何だか物足りないなぁっていつも思うの。でもこれはほんと、おいしい」

「黒いお醬油をあまり使わないのでお料理は色白ですけど、薄口醬油は塩が濃いので、お味の方はむしろ、お料理によっては濃い目になるんです。それがおばんざいの面白いところなんですよ。それと、柚子と山椒《さんしょ》の香りを京都の人は好むので、どうしても柚子や山椒を多く使いますね」

「不思議だわ」

万里は女将を見上げるようにして、独り言のように囁《ささや》いた。

「あの頃とは、別な人のよう……」

「昔のことは、思い出さないようにしています」

女将は淡々と、次の料理の準備にかかった。

「逃げられると思っていたわけではないんです。いつかは、みんなに知られてしまうことは覚悟していました。ただもう少し、あと少し、このまま静かに、そう願って暮らしていたんです」

「ごめんなさい……私立探偵を雇ったこと、清水さんから聞かれたんですね……余計なことだとは思ったんですが」

「いいんです」

女将は、自家製の鯖鮨《さばずし》を三切れ、藍《あい》色の皿に盛って万里の前にそっと出した。

「わたしがいけなかったんです。お会いした最初の時にきちんと認めているべきでした。ただ……ただもし、もう納得していただけたんでしたら、どうか……わたしのことはこれからも、吉永と呼んでいただけると嬉しいんですが」

「はい……そうさせていただきます」

「それと……あの……」

「わかっています。他言するつもりはありません。ただ、わたし、嘘を吐《つ》くのは苦手なんです。もし誰かに尋ねられたらその時は、そうだと言ってしまうかも知れません」

女将は微笑《ほほえ》んだ。

「万里さんは、昔とあまり変わらないんですね。あの頃もはきはきとして明るくて、羨ましいくらい輝いている人だと思っていましたけれど」

「若かっただけです」

万里も微《かす》かに微笑んだ。

「希望だとか夢だとか、そんなものをめいっぱい抱え込んでパリに行って。見るもの聞くもの、全部素晴らしいと思い込んで、総て吸収して帰ろうと欲張ってました。今考えると、パリにかぶれていたみたいな気がして、とても恥ずかしい。この歳になってようやく、日本っていう国の良さみたいなものに気付いたんです。最近は仕事では海外に行っても、バカンスは日本でとることが多くなりました。ほら、この鯖のお鮨。鯖のように癖の強いお魚とお米とで、どうしてこんなに繊細なお味になるのか、日本のお料理って本当に不思議でしょう？　海外でお料理をいただいて、おいしいなぁと思うことはたくさんあるけど、この鯖鮨を食べた時みたいな、なんて不思議なんだろう、と思うことは滅多にないんですよね。洋服の仕事を長くして来てこの頃は、着物にすごく惹《ひ》かれるんです。着物は人が着ていないと総て同じ形をしているのに、どうして人が着るとこんなにも無限のイメージが生まれるのだろう、それがとても不思議なんですが、その不思議さってこんなお料理を食べた時に感じる不思議さに似ているように思います」

「わたしの素人料理には、お褒《ほ》めが過ぎますわ」

女将は他の客の箸の進み具合を眺めながら、味噌に漬け込んだ魚を取り出して焼く支度《したく》にかかった。

「吉永さん」

万里は、空になった皿をカウンターの上に返して囁いた。

「ひとつだけ訊《き》いてもいいですか」

「……はい？」

「雪弥《ゆきや》さんは、あなたが日本に戻っていること、知っているんでしょうか」

女将は、少しの間黙って魚の切り身を返していたが、やがて言った。

「わかりません。でも、自分から知らせるつもりはありません」

2

「うわぁ、すごいなぁ」

清水は、皿に盛られた焼き松茸に歓声をあげた。

「何年振りかな、国産の松茸なんて」

「今夜の余りだから、遠慮しないで」

「余りって、明日も出したらいいじゃない」

「松茸は一晩で香りがぐっと減ってしまうのよ。今夜と同じ値段で明日も出すなんてことは出来ないし、かと言って今夜より安くしたら、不満に思うお客さんもいるでしょう？明日の分はまた明日、築地で手頃なのが買えたらメニューに入れるわ」

「女将は真面目過ぎるな」

清水は笑いながらスダチを絞った。

「築地だって今日の売れ残りがあったら明日も売るでしょうが」

「それは大丈夫。見分けには自信があるの」

女将は笑って肩をそらして見せた。

「よちよち歩きの頃から馴染んだきのこですもの。小学生の時には、季節になると親の手伝いで選別をしたものよ。毎朝、薄暗い内に父親とお祖父《じい》さんが山に入って採《と》って来て、特にいいものを選んで父親が京都に売りに行くの」

「農協とかに出荷するんじゃないんだ」

「そんなもったいないことするもんですか。特上の朝採り松茸はね、京都の料亭にとてもいい値段で売れるでしょ。山陰線《さんいん》というJRの列車に乗って行くと、京都駅のひとつ手前、七条《ななじょう》の市場の近くにある丹波口《たんばぐち》という駅のホームにね、仲介業者の人が待っているのよ」

「駅のホームに?」

「ええ。市場まで持って行くより、そのホームで業者と個別商談した方が高い値段で売れるの。もちろんそんな業者が扱うのは、本当の極上品だけ。そこで最高の松茸はほとんどさばけてしまうから、市場に流れるのはその下のランクのものばかりね」

「そういう仕組みなのかぁ。それじゃ、庶民はいくら金積んでも丹波松茸の特上品は食べられないわけだ」

「残念だけどそういうことね。それだけ、丹波産の松茸というのは、日本料理の世界でスターだってこと。そこで業者が買わなかったランク落ちの品物は、市場の周囲にいるまた別の業者と交渉するの。業者によって扱うグレードが違っているので、結局最後には松茸はみんなさばけてしまうのよ。わたしは父に連れられて時々その朝売りに出掛けたんだけど、商売が終わって、京都駅の近くのデパートでオモチャを買って貰《もら》うのが何よりの楽しみだった。いい値段で商売が出来た時には、お年玉でもなければ買えないようなオモチャを買って貰えるの。お人形さんの大きなハウスとか、たくさん洋服のついた着せ替えセットとか。だからわたし、秋って大好きだった」

「いいなぁ、松茸でオモチャか」

「松茸は丹波の農家にとって、秋のボーナスなのよ。うちは自分で松茸山を持っていたんで一年中管理がけっこう大変だったけど、山を持たない農家はね、村の山に毎年設定される入山権を競《せ》り落として、権利を買った山で採るの。権利は夏の内に売り買いされるから、その年にどれだけ松茸が採れるかでちょっとしたギャンブルね。うちみたいに山持ちの農家は、夏の間にちゃんと山の手入れをしておかないと秋に収穫が落ちるし、秋は秋で、松茸泥棒の対策が大変なの。丹波の秋はどの農家も大騒ぎで、松茸狂想曲って感じかしら」

女将は楽しそうに話しながら、清水の好物の秋刀魚《さんま》を焼いていた。

「気付いてるかな」

清水の言葉に、女将は小首を傾《かし》げる。

「なに？」

「吉永さん……丹波の出身だって話してくれたの、今夜が初めてなんだよ」

「あら」女将は目を丸くした。「ほんと？　すっかり話してあると思っちゃった」

「嬉しかったけどね……僕は。話して貰えて」

「ごめんなさい、別に秘密にしているという自覚はなかったんだけど」

「自分のことはほとんど話さない人だと思っていたから……でも今夜は、なんだか……肩の力が抜けている感じがする」

女将は少し動揺した。自分の心の中が清水には、透《す》けて見えるのかも知れないと思った。

「万里さんが来たの……少し前に」

「万里って、ああ、塚田万里さん？　僕のとこにも来たけど、御礼だとかって」

「彼女のこと……十五年くらい前に知っていたんです……パリで」

清水は黙って、冷酒のグラスを傾けた。それから息を吐き出すように言った。

「吉永さん……僕は、君が話したくないことなら聞きたくはないんだ。無理して話そうなんて考えないでくれないかな。今のままで僕たち、けっこう楽しいじゃない？」

「ええ」

女将はしみじみ、頷いた。

「楽しいわ……こんなに楽しくていいのかしら、と思うほど。だから……だからね清水さん、考えたの、わたし。そろそろ、この先のこともちゃんと考えて生きなければならないって。本当のことを言うとね、このお店を始めた時、ここでじーっと時の過ぎるのを待っていれば、その内、総ての過去から逃げられる、そんな甘いことを考えていたのよ、わたし」

女将は自分もコップを取り出し、半分ほど冷酒を注いだ。もう暖簾《のれん》は下ろしてあり、客も清水以外はみな帰ってしまった。この頃は、清水はこんな時間にしかやって来ない。店を閉めた後、二人だけでこうして向かい合い、他愛のないことを喋《しゃべ》りながら一時間ほど飲むのがすっかり習慣のようになっている。

「でももちろん、そんなことは神様がゆるして下さらなかった。最近になって、ぽつぽつとわたしの過去を知っている人間と出逢うようになっていたの。それも当然と言えば当然、ここは日本でいちばん人の多い東京ですものね。十五年前にパリにいた人たちも日本に随分帰って来ているでしょうけれど、大半が東京にいるとしても不思議はないわ……でも、万里さんに出逢ってしまったのは決定的でした。もう、過去から逃げるのは限界なんだとわかったんです。ただ、清水さん」

女将は深く息を吐いた。

「何から話せばいいのか、どう話したらいいのか、まだ心の整理がつかないの。だから、今は本当に断片でしかお話し出来ません。それでもあなたに話してしまうことで、今度こそ本当に過去を清算して生きることが出来るかも知れない……そう思えるようになったんです」

「僕に話すことでちょっとでも気分が良くなるなら、僕は聞くよ。ただ、ひたすら聞く。だけど聞くだけだ。感想は言わない。それでもいいかな？　吉永さん、僕はさ……吉永さんが僕の店でブロカントを選んでいる時の顔が、とても……好きなんだよ。変な言い方なんだけどね、僕は吉永さんのファンなんだと思うんだ。僕にとっての吉永さんは、二年くらい前だっけ、僕の店に初めて来てくれた時のあの瞬間より後が総てなんだ。その前のことは、僕にとってはどうでもいいんだ……僕が知りたいのは、吉永さんの週末の予定であって、十五年前のことじゃないから」

女将は微笑んで頷いた。清水の優しさに、ほろっと涙がこぼれそうになる。

「取りあえず、週末の予定は、ないわ」

女将は言って、頰《ほお》の微かなほてりを掌《てのひら》で押さえた。

「久しぶりのお休みなので、雑貨探しに歩いてみようかなって考えていただけ」

「それなら、青山《あおやま》に行こう」

「青山？」

「骨董《こっとう》だのブロカントだの趣味にしている同士、青山散策でデートしなければ嘘でしょう。骨董通りにまた新しい店が出来たって情報があるんで、覗いてみたいと思っていたんだ」

「あら、それなら行ってみたいわ」

「でしょう？　しかし吉永さんデートに誘うのは簡単でいいなあ。雑貨や骨董を見に行こうって言えば一発だから」

「イヤだ、清水さんたら」

清水が豪快に笑い、女将もつられて笑った。だが、ふっとこぼれてしまった涙は、おかしさのせいではないとわかっていた。

*

久しぶりで青山通りに出たので、女将はつい、見たかった店を精力的に梯子《はしご》してしまった。清水とデートしているという遠慮をいつの間にか忘れてしまったので、ふと気付いて申し訳なく思った。

紀ノ國屋《きのくにや》の近くにある和食器の専門店を出たところで、女将は清水をお茶に誘った。清水も買い込んだ皿や小物を詰め込んだ大きな袋を手に、幸せそうな顔をしている。

「新しいものも買ったのね」

「これは店用じゃないんだ。自分用。うちで飯食う時はさ、新しいものも使うよ」

「ひとりなのに、器に凝《こ》ってお料理なんかするの？」

「わかってないなぁ、吉永さん。料理が出来ないから器だけでも揃《そろ》えるんじゃない。想像してみてよ、ちょっと洒落た現代風の絵付けのついた清水焼《きよみず》の深皿に盛ればさ、レトルトカレーだって旨《うま》そうに見えるでしょ」

二人は笑いながら、ティーブレイクの出来る店を探し歩いた。土曜日の午後の青山通り、天気が良いこともあって人出は相当なもので、めぼしい店はどこも満席だ。いつの間にか表参道《おもてさんどう》に入り、とりとめもなく喋りながら歩いている内に、女将はふと足を停《と》めた。

「あら……たまちゃんだ」

「誰？」

「うちの常連さん。たまちゃんと呼ばれているんだけど、本名は知らないの。店の近くの会社のOLさんなんだけど」

「子連れだね」

向こうから歩いて近寄って来るたまちゃんは、三歳くらいの女の子の手をひいている。その横に、三十代後半といった男性が付きそうように歩いていた。

「独身だって聞いてたんだけど……」


「女将さん！」

たまちゃんの方も気付いて、大きく手を振り、女の子の手を離すと走って女将の方にやって来た。

「こんなとこでお会いするなんて！　あら」

清水の顔を見て、ちょっと目を丸くする。

「ごめんなさい、あたしったら」

「あ、いいんですよ、僕もばんざい屋の客なんです。ほら、女将は古い食器とか好きでしょ、僕は骨董屋をやってるんです、神田《かんだ》で。それで今日は二人で青山通りの雑貨屋探検に来たんですよ」

「それより、お子さんはいいの？」

「あ」

たまちゃんは振り返り、女の子と男性に大きく手を振った。男性も手を振り返し、ちょうど彼等の横の路上に停めてあった車に乗り込んだ。

「ばいばーい、またね！」

たまちゃんが手を振ると、小さな女の子も車の窓から顔を出して手を振った。車がスタートし、女の子と男性は明治《めいじ》通りの方へと消えて行った。

「あれ、兄なんです」

「そうだったんですか。じゃ、あの可愛らしい子は姪御《めいご》さんね」

「ええ」

たまちゃんは嬉しそうに頷いた。

「できたばっかりの、姪っ子。もう可愛くって」

「できたばっかり……？」

「あ、すみません、何かわけわかんないこと言っちゃって。女将さん、陶器に詳しいんですか？」

「そんなに詳しくはないわ。清水さんの方がご専門よ」

「僕も焼き物自体に詳しいわけじゃないよ。ただまあ、好きだってだけで。でも何か？」

「しょうもない話なんですけどね……あ、どこかでお茶でもいかがですか？」

「丁度飲みたいと思ってお店を探していたところなのよ」

「それじゃご案内します、穴場。この辺、土日はゆっくりお茶出来る店、ないでしょう？」

彼女が案内してくれたのは、原宿《はらじゅく》の裏通り、住宅街の奥にあるとても小さな喫茶店だった。普通の民家の一階部分を改造して喫茶店にしてあるのだが、人が殺到しないようにという配慮なのか、看板も小さく、人づてでは辿《たど》り着くのが難しいようなところにある。中に入ると席も少なかったが、甘いシナモンシュガーの匂いに満ちていて、気持ちのいい空間だった。

たまちゃんは初めて本名を名乗った。玉川幾子《たまがわいくこ》。三十歳。

そしてアップルパイと紅茶を注文した。女将と清水も、何となく彼女につられてアップルパイを頼んでいた。

現われたアップルパイは、見事な大きさで、どっしりと林檎《りんご》が詰まっていた。

「これこれ」幾子が嬉しそうに頷く。「アップルパイはこうじゃないとね。最近、ケーキはライトな方がウケるみたいで、特に原宿だとか青山だとか小振りでお洒落なケーキしか食べられないんですよね。でもあたしは、甘い物は大きい方が好き。だって、ダイエットだ健康だって気にするなら食べなければいいんだもん。食べる以上はしっかり食べて、あぁ、満足したぁって思いたいじゃないですか、ねえ」

幾子は店で司とやり取りするのと同様に、屈託なく笑った。

「それでさっきの話なんですけどね、実はあの子、真子《まこ》ちゃんって言うんですけど、養女なんですよ」

「養女って、つまり、お兄さんが……？」

「施設から貰ったんです。あ、貰ったって言い方は変なのかな。まあともかく、兄貴んとこ夫婦は結婚して十年間子供が出来なくて、検査したんですけど、兄貴の奥さんのからだに問題があるみたいで、日本での妊娠は絶望って言われたらしいんです。つまりほら、日本だと、他の女性の子宮を借りたり卵子を借りたりするのは認められてないじゃないですか、それで。で、兄貴たちは決心して、養子が欲しいってことで福祉事務所に申請していたんです。あの里親申請ってすっごく大変なもんなんですね、びっくりしちゃった。審査がすごく厳しくて、条件もうるさいんですよ。審査に通るまで一年、その後、四年間も待たされて半年前にやっと、真子ちゃんの里親になることが出来たんです」

「それで、できたばかりの姪、ってわけか」

「そうなんですよ、でも可愛いでしょう？　もうあたしも兄貴夫婦もあの子にメロメロで。それは良かったんですけどね、実はあの真子ちゃん、二歳半の時に施設に入ったんですけど、二歳くらいの記憶ってけっこうあるもんなんですね、時々思い出すらしいんですよ、自分の本当の親のこと。真子ちゃんが施設に入ったのは一年半前なんで、まあ昔の話じゃないですからね」

女将は紅茶を啜りながら、心臓の鼓動を意識した。

清水が考えながら言った。

「確かに今は覚えているかも知れないけど、そのうち忘れてくれるんじゃないかな」

「ええ、そうなんでしょうね。でも兄貴たちはどうしても気にしちゃって。真子ちゃんの本当の両親がどんな人だったかは、規則で教えて貰えなかったんです。ただ、両親共にもう亡くなった、それしかわかりません。どこに住んでいたかとかも秘密なんだそうです。それだけに、真子ちゃんが実の親のことを言い出すと周囲はあたふたしちゃうわけですよ」

「わかります、何となく。ドッジボールしてて、ボールが来るのは見えているけど、どっちに避けていいのかわからないって感じでしょ」

「そうそう、それ！　下手なこと言って余計思い出させたら困るなぁ、みたいな。そんなことがたまにあるんですけど、今回もそれなんです。真子ちゃんが、数日前に突然、パンダちゃんのお茶碗でご飯が食べたいって言い出して」

「パンダちゃんのお茶碗？　パンダの柄《がら》が描いてあるのかな」

「そう思ってそれらしいのを買ったんですけど、違うみたいなんですよ。ガッコにいくまえに、まえのおうちでつかってたの、って言うんで、施設じゃなく実家で使っていた茶碗のことみたいなんですけど。パンダの柄が付いてるんじゃなくて、色がパンダちゃんとお揃いなんだって」

「……白と黒ってことかしら。ご飯茶碗だとすると、変な色ね」

「ほら、茶碗の底にパンダの顔があって、真上から見るとパンダに見えるとか、あるいはパンダの耳みたいな持ち手の付いてるスープカップみたいなもんじゃないかな」

「なんだか要領を得ないんですよね。まあ、女の子なんで口は達者だけど、何と言ってもまだ四歳にならないわけだから、論理的に会話しろったって無理だし」

幾子は笑って、溜息をついた。

「今さっきもわざわざキデイランドまで行って、真子ちゃんにいろいろ見せたんですよ、パンダグッズ。でも彼女のイメージに合致するのはなかったみたい。明日は銀座の博品館《はくひんかん》にでも行ってみようかなんて言ってたけど、兄貴もねぇ、気持ちはわかるけど、真子ちゃんにも我慢させることは教えないとねぇ。それに、実家での思い出なんてわざわざ補強しない方がいいですよね。自然に忘れてくれるのがいちばんなんだから。そりゃまあ、いずれはね、養女だってことはわかってしまうことだから、真子ちゃんにも真実を話さないとならない日ってのは来るわけだけど、大切なのはそのこと自体じゃなくって、その日が来るまでに兄貴と兄貴の奥さんがどれだけ真子ちゃんを愛してやるかってことですよね。パンダの茶碗なんて可愛いのがいろいろあるんだし、彼女のイメージと違っていたって、使っている内に新しい方が好きになればそれでいいんじゃないかな。まあ、あたしには子育ての経験がないんでそんなに気楽に言えるんでしょうね。兄貴たちが必死になっちゃう気持ちはわからなくもないんだけど」

「パンダちゃんとお揃いの茶碗か……陶器なのは間違いないのかな」

「たぶん。でも、ほんとうにもういいです、ごめんなさい。兄貴にはもっと自信を持って、前に買ってあげたお茶碗を真子ちゃんに気に入って貰えるように頑張れってハッパかけておきます」

「うん」

清水は頷いた。

「それがいいように僕も思うな。この先もさ、真子ちゃんの記憶は断片的に甦ってみんなを困らせるだろうけど、それにいちいち振り回されるんじゃなくて、新しい思い出で彼女の心を満たしてあげれば、それでいいんだよ、きっと」

「ですよね。お二人にご相談して、あたしもすっきりしました。ただ……」

幾子は少し目を伏せた。

「ふと思ったもんですから……真子ちゃんがパンダの茶碗にこだわるのって、彼女は彼女なりに、過去と決別して納得しようとしているからじゃないのかなって」

女将は、幾子を見つめた。幾子は女将のそんな視線の理由がわからずに恥ずかしそうに笑い、紅茶をスプーンでかき回した。

「四歳……あんな小さな頭の中でいったい何をどんなふうに考えているのか、あたしには見当も付かないんですけど……ただ、真子ちゃんは、自分がもう本当の両親には二度と逢えないこと、生まれた家には帰れないことはわかっているんです。たぶん施設に入っている間に、そうした理解が出来上がったんだと思います。真子ちゃんが兄貴の家に来て半年くらい経つんですけど、最初の内はあの子、あまり笑わなかったし、言葉もとっても少なかったんですよね。たぶん、彼女なりにこの半年健気《けなげ》に努力して、自分に優しくしてくれる兄貴夫婦をパパとママとして認識しようとしていたんだと思います。だんだん笑顔も増えたし、あたしのこともおばちゃん、おばちゃんと慕《した》ってくれるようになって。そんな段階でパンダの茶碗のことを持ち出したのは、曖昧《あいまい》な幻《まぼろし》ではなくてパンダの茶碗っていうちゃんとした形で、実の両親と暮らした自分の歴史をもう一度その目で見て、それにさよならを言いたいからなんじゃないか……」

幾子は唐突に笑い出した。

「嫌だぁ、あたしったら。いくらなんでもねぇ、まだ四歳にならないのに。なんか、あたしの方が兄貴より感傷的なのかも知れませんね。福祉施設の人にもね、あの子に対しては、可哀想っていう気持ちは持ってはいけませんって言われたんだそうです、兄貴たち。同情なんかでは子供は幸せになれませんって。自分たちの子としてこれから世界一幸せにしてやるんだ、そういう信念を持って下さいって。そう言われてもあたしの心のどっかにまだ、真子ちゃんに対して、可哀想な子供っていう偏見があるのかも知れないなぁ。こういうの、良くないですね。もっと毅然《きぜん》として、真子ちゃんは自分の姪なんだと思わないと」

女将は黙ったまま、幾子の濁りのない瞳を見つめていた。

そして、こんな人々に囲まれているのなら、真子という子はきっと幸せになれるだろう、と思っていた。

3

パンダの茶碗。

それからしばらく、女将の頭からは真子という子供と茶碗のことが離れなかった。

ほんの一時だけ垣間《かいま》見た真子の愛らしい顔に、遠い思い出の中の顔が重なる。大きな黒目がちな瞳と、ふっくらとした頬。だがその記憶も随分とあやふやなものになっているのに気付いて、女将は狼狽《ろうばい》した。一生忘れない、と心に誓ったあの顔だったのに。

いや、忘れてはいない。忘れるものか。

だが、もはやその記憶の中の顔はこの世界には存在しないものなのだという思いが、真子の顔と記憶の中のあの顔とを重ね合わせようとする作業の邪魔をするのだ。

あの顔は存在しない。なぜなら……子供は成長してしまうものだから。

あの子はもう……十三歳……

考えるのはよそう。

女将は大きく頭《かぶり》を振り、煮あげた小芋を鍋から大皿に移した。

秋も次第に深まっている。今夜あたりはかなり冷えるに違いない。そろそろ、からだの温まるメニューを中心に据えないと。

カウンターの下一面に作りつけた食器棚から、その夜のメニューに似合った皿を見繕うのが、女将のいちばん好きな仕事だった。あの煮物にはこの小皿、魚にはこれ、酢の物にはこれを……お客の数はだいたい毎晩一緒なので、使う食器の量も予想は付けられる。それらの皿を棚から取り出し、ぬるま湯でそっと洗って水気を切り、出番を待ってスタンバイさせるのが楽しかった。

今日は、丹波黒豆の枝豆が手に入った。もうビールの季節は終わったけれど、この丹波産の黒豆の枝豆は、ビールのつまみには最高だった。だが中の豆が黒っぽい紫色なので、茹であがりがあまり美しくないのが難点だ。普通の枝豆のような、瑞々《みずみず》しい緑色ではないので、白っぽい皿に盛ると見栄えが悪い。かと言って枝豆のように自然の野菜の形が楽しめるものを、黒い皿や凝った絵付けの皿の上に置いたのでは何となくあざとい。

考えあぐねて、女将は棚の奥から、普段はあまり使わない小鉢をいくつか取り出した。

小鉢と言ってもけっこう大きい。本来はそばがきに使う器だ。

丹波焼の、ふた色に釉薬《うわぐすり》を分けて焼いた、モダンな感じのするそばがき碗だ。地のものは地の器。丹波産の枝豆は、丹波が故郷の小さな鉢にぴたりと似合った。

あ！

女将の手が止まった。

もしかしたら……これのこと？

パンダの、茶碗。

＊

「いらっしゃーい。あら、幾子さん」

「たま、って呼んで下さいよ、女将さん」

幾子は笑いながら、大きな果物籠《かご》をどん、とカウンターの上に置いた。

「まあ、すごい！　これ、梨ね？」

「はぁい、鳥取名産二十世紀梨でーす。兄貴のお嫁さんの実家が鳥取なんですよ。それで、これ、兄貴夫婦から女将さんに、御礼」

「そんな、御礼だなんて……」

「みんなで食べましょう。女将さんのお料理の後で梨っていうの、いいでしょう？」

「それは、こんなに見事な二十世紀ですもの、最高だわ。でもね綾子さん、わたしほんとに……」

「女将さんが、パンダの茶碗の正体を教えてくれたおかげで、兄貴たちまたひとつ、自信を深めたんです。二人とも、もう真子が何を思い出してもおたおたしないぞって張り切ってました。子供の思い出を封じ込めるのは愚かな行為ですよね……あたしも勉強しました。でもパンダの茶碗が、丹波焼だったとは！」

　女将は、黒と白のふた色にぽってりと色分けされたそばがき碗をもう一度取り出してカウンターに載せた。

「確かに、パンダと同じ白と黒ですよねぇ。でもパンダっていうからわかんなくなっちゃったんですよ、こんなに見事に真ん中から二色になってるなんて」

「きっと、誰かが真子ちゃんにそう言ったんでしょうね。ほらこのお茶碗は、パンダちゃんとお揃いで黒と白だね、面白いね、そんなふうに」

「ご飯を食べるのを嫌がった真子ちゃんに食べさせようとして、かな。何だか、シチュエーションまで想像つきますね。それにしても、ほんと、官能的な白黒だなあ」

「詳しいことは知らないんですけど、釉薬の種類が違うらしいですよ。黒い方が鉄釉《てつゆう》で、白い方は、糠白釉《ぬかじろゆう》だったかしら」

「こういうツートンが丹波焼の特徴なんですか」

「こうしたふた色に色分けするデザインは丹波焼に限ったものではないみたいですけど、丹波焼は概して、釉薬を効果的に使った、一見モダンに見えるデザインが多いみたいですね。でもわたしには、梅干しを入れる小さな壺の、ほら、とろりと上から蜜をかけたようなデザインの。あんなのが馴染《なじ》み深いんですけど」

「だけど、こんなものでご飯食べてたなんて、ちょっとかっこいいな、真子ちゃん。この前女将さんに教えて貰って、デパートで探して買って帰ったでしょう、それで真子ちゃんに見せたら、彼女、とっても嬉しそうににっこりして。でもそこからが凄かったんですよ、ほら、電話でもお話ししましたけど」

真子は、笑顔のまま、首を横に振ったのだ。

まこね、パパがかってくれたあたらしいパンダちゃんのおちゃわんがすきになったの。だから、それ、おばちゃんがつかってね。パンダちゃんとおそろいだから、これでたべるとおおきくなれるんだよ、パンダちゃんみたいに。

その言葉の持つ重みに、周囲の大人たちは圧倒された。女将自身、そのことを幾子から電話で報告された時には、思わず号泣してしまいそうになったのだ。

たった四歳。その小さな澄んだ心で、真子は過去と決別し、新しい人生を自分で選んだのだ。

自分で。


「白と黒の思い出、か」

幾子は、ゆっくりと溜息をついた。

「二歳半までの人生にも、思い出はあるんですね。人間って、なんか、凄いですよね……あたしも、真子ちゃんに負けないように、自分の人生は自分で決着つけて行かないとなぁ」

幾子が、照れたような笑顔で、秘密を打ち明けるように女将の方へと唇を寄せた。

「内緒ですよ、女将さん。あたしね……司ちゃんと不倫、してたんでーす」

女将は驚いた。だが同時に、そんなことがあっても別に不思議はないな、と思った。

今夜の幾子は、妙にさっぱりとした顔をしている。

「決着つけます、あたし」

幾子は丹波焼の碗を掌に載せて笑った。

「このお茶碗みたいに、白黒付けちゃうんだ、長過ぎた春に。そろそろ人生、新しい段階に進まないと、ね」

女将は、幾子の掌の上のツートンカラーの碗を見つめた。つやつやとした表面に、店の天井のあかりが映っている。

そのあかりが揺れて、茶碗はカウンターの上に戻された。

真子がパンダの茶碗にこだわるのは、過去と決別しようとしているから。そう推理した幾子の言葉はそのまま、幾子自身の気持ちだったのだろう。決着をつけ、過去と決別して新しい人生を選びたいと願っていた、だがその勇気がなくて迷っていた、幾子の心。

カラカラと戸が開く音がする。新しい客が入って来た。

「いらっしゃいませ」

女将は、いつもより少しだけ大きな声でそう言うと、まな板の上の包丁を握り、白菜の根元に刃を入れた。力を込めて刃を押すと、大地の恵みを存分に受けた野菜の香りがぷんと鼻に触れる。

まるで、自分の新しい人生の香りのようだ、と女将は思った。

# たんぽぽの言葉

## Dandelion's Smile

ばんざい屋の四月

1

またさっと風が吹いて、花吹雪《ふぶき》が空に舞う。

千鳥ケ淵《ちどりがふち》の水面は一面に花びらで覆《おお》われ、まるでピンク色の絨毯《じゅうたん》の上に座っているようだ。

「寒くない？」

清水の問いかけに、女将《おかみ》は小さく首を横に振った。

「花冷《び》えって言うけど、本当だね。桜が満開なのに、風が冷たい」

「もうお花見も今週末で終わりでしょうね」

「散り掛けも風情《ふぜい》があって、僕は好きだけど。でもそろそろからだが冷えちゃうから、岸にあがろうか」

「まだボートの貸し時間は余ってるわよ」

「あれ、ほんとだ。もう随分漕《こ》いだと思ったんだけど、意外と時間って経《た》たないもんだね」

清水は腕時計を見ながら頭を掻いた。

「運動不足なんだなぁ、このくらい腕を動かしただけで、もうきついや」

「わたし、代わりに漕ぎましょうか」

「吉永さん、大丈夫？」

女将は笑って、そっと前のめりになって清水の横にからだを移動した。立ち上がると転覆してしまうから、膝が緊張して小さく震える。

「ほんとに大丈夫？」

「わたし、得意なんです」

清水は心配そうだったが、何とかよろよろと中腰で席を移動した。

女将はオールを握り、威勢《いせい》良く漕ぎ始めた。

「うわ、上手だなあ。やっていたことあるの、ボート競技か何か」

「そういうわけでもないけど、わたし、小さい頃からおてんばで、こういうの得意だったの。学生の時に京都に出て岩倉《いわくら》というところに住んでいたんですけど、むしゃくしゃすることがあると自転車を飛ばして宝ケ池《たからがいけ》まで行って、ひとりでボートを漕いでいたのよ」

「宝ケ池って、国際会議場のあるところだよね」

「ええ。今は地下鉄が京都駅から直通であるそうです。もう何年……帰っていないかしら」

女将は思い出すように少し目を細めた。

「今度」

清水が一度言葉を切り、じっと女将を見つめながら言った。

「……今度、一緒に行かない？　えっとあの……いや、ふたりだけじゃなくても、その……」

清水の首筋が赤くなったのを見て、女将は思わず下を向いた。

いい歳をした男と女、それぞれに恋愛の修羅場もくぐって来ただろうし、今さら恥じらうような立場でもない。それなのになぜか、今のふたりは、まるで初恋をしている最中の中学生のように互いに戸惑いながら、少しずつ少しずつ距離を縮《ちぢ》めている。

「……京都の五月は綺麗よ」

女将はそっと言った。

「桜が終わって山には新緑が眩《まぶ》しいほどで……」

「見たいな、新緑の京都」

「ええ」

女将はゆっくりと頷《うなず》いた。

「ぜひ」

また風が吹いた。女将は思わず、ぶるっと身を縮めた。

「やっぱり寒いね。戻ろう」

清水に言われて、女将はまたオールを漕ぎ始めた。

＊

「女将、なんかいいことあった？」

常連客の斎藤《さいとう》が、からかうように箸を揺らした。

「さっきから鍋の方見るたび、口元がゆるんでるよ」

「あら」

女将は自分でも気付いていなかったので、思わず口に手をあてた。

「いやだわ、斎藤さん」

「いやだわって、俺のせいじゃないよ」

斎藤は大笑いした。

「どうやらこれは本物だな？　女将、出来たんでしょう、いい人」

「やめてくださいな。こんなおばさんをからかわないで」

「おばさんって、女将がおばさんだったらこっちの人はどうなっちゃうのさ、ねえ」

　斎藤は連れの女性の顔を見て笑った。

「うんもう、ヨッちゃんたら」

　連れの女性は初めて見る顔だ。

「あたしがおばさんだったらヨッちゃんだっておじさんじゃないの。何て言ってもあたしたち、同級生なんだからさぁ」

「まったく冗談じゃないよな、あれからもう二十六年だってさ。二十六年！　だいたいさ、俺たち小学生の頃、西暦二〇〇〇年なんてずーっと先の未来だと思ってたよな」

「そうよねえ」

　女性客は日本酒の入ったコップを片手に、遠くを見る目つきになる。

「授業中に考えたこと、あったわよ。今あたしは十二だから、二十六年後は三十八！　そんな歳になんかなるの、絶対イヤ、なんてね」

「子供の頃ってのは、未来のこと考えてても、その未来にいる自分は子供のままみたいな想像してるもんなんだよな。この宇宙で、自分だけは歳をとらないみたいなさ。でも実際とっちまえば歳なんて、なんてこたない。誕生日が来たからって、昨日までの自分とひとつ歳とった自分とで、何が変わってるってわけでもないしさ」

「でもやっぱり、たまに昔の同級生なんかと会うと、お互い歳とったねぇ、なんて思うわけよねぇ」

女性客は少し酔っぱらい気味なのか、斎藤の頭に手をあてて笑った。

「このあたり、ちょっと危なくない？　斎藤くーん」

「俺はまだ大丈夫。だけどさぁ、実は俺の親父、ないんだよ、髪の毛。やばいかなぁ」

「やばいよそれ、めちゃやばい！　そろそろだよぉ、始まるよぉ」

「ヤな奴だな、タンコ」

「あ、タンコって呼ばないで！」

女性客は頰をぷくっと膨《ふく》らませた。

「その渾名《あだな》ってあたし、嫌いだったんだよ」

「名字が丹後《たんご》なんだから、タンコでいいじゃん」

「そうは思ってくれないじゃない、初めて聞いた人は。あたしの鼻がだんごっ鼻だからタンコだろ、なんて言われたもん。ましてさ、今は名字が変わったんだからね」

「おまえが結婚出来たなんて奇跡だよな、ほんと」

「あーっ、何言ってんのぉ、サイトウなんてそんならサンコじゃーん。サンコサンコぉー」

女性客のろれつが多少怪《あや》しくなって来たので、女将は冷蔵庫からよく冷やしたゼリーを取り出した。

「デザートに、今日はこんなものがあるんですけど、どうでしょう」

「うわ、綺麗！」

「女将、これ何？」

「さくらんぼのゼリーなんですよ。去年漬けておいたさくらんぼのお酒で作るんですけど、アルコール分は低いので、ちょっとクールダウンにいかがですか」

「さくらんぼかぁ。じゃ、元手がかかってるんだ」

「いいえ、ちっとも」

女将は微笑んだ。

「知り合いのお宅でね、桜の木を何本かお庭に植えているおうちがあるんです。その中にオオシマザクラが一本あって、それが毎年、たくさん実をつけるんですよ」

「オオシマザクラにさくらんぼなんて出来るの？」

「そりゃ、ナポレオンだ佐藤錦《さとうにしき》だってわけには行きませんけれど、小さくて色のとても濃い、香りのいい実が成ります。果肉が少ないので食べると種ばかりですし、かなりアクが強いのでいまひとつなんですけど、ホワイトリカーに漬けると、お料理の色づけにぴったりのお酒になるんです。昨年も、たくさん分けていただいたんです」

「そう言えば去年はさ、ここで花見、したよね」

「ほんと?」

女性客がきょとんとした顔になった。

「ここでって、このお店で?」

「うん、ここにでっかい桜の盆栽置いてね。しかもその桜、緑色の花がついてたんだぜ」

「うっそー」

女性客は大袈裟に斎藤の肩を叩いた。

「またまた、そんなでたらめ言ってぇ」

「でたらめじゃないってば。ね、女将」

女将は氷を入れたグラスにミネラルウォーターをそそぎ、女性客の前に出した。

「あるんですよ、緑色の花の桜。去年の、四月のはじめ頃だったかしら、ここにその緑色の桜の盆栽を置いて、お客さまとお花見したんです」

「あれ楽しかったよね。またやらない?」

「そうですね」

女将はカレンダーをちらっと見た。

「桜の持ち主さんに訊いてみます」

「緑色の桜なんて、あるんだ。へぇぇ」

「緑って言っても、濃い色ではないんですけれどね。薄い、白っぽい緑なんです。地味ですけれどとても風情があって、いいものですよ」

女性客はぐっと水を飲んだ。

「人生、まだまだ知らないことがあるわねぇー。さてと。斎藤くん、あたしそろそろ行かないと」

「あ、そうか」

斎藤は腕時計を見た。

「もう八時か。駅までおくって行こうか」

「いいわよ、子供じゃないんだから。地下鉄の駅まで、すぐじゃない。じゃあね、えっと、あのいくらぐらい置いて行ったらいいのかしら」

「何言ってんだよ、タンコ。誘ったのは俺じゃんか、このくらい払わせろよ」

「そうは行かないわよぉ、斎藤くん」

「よせってば。十年振りで会ったんだぜ、このくらい奢《おご》らせてくれ」

「そうお」

女性客は首を傾《かし》げて考えてから、千円札を三枚、カウンターの上に置いた。

「それじゃこれ、これから後の斎藤くんの飲み代は、あたしの奢りってことで。ママさん、この範囲で飲ませてやってくださーい」

「あ、何言ってんだ、おい」

「いいじゃないの。あたしだって十年振りなんだから、そのくらい奢らせてよ。お互い江戸っ子でしょ、ひとりだけいい気分になろうったってそうは行かないんだからね」

女性客は笑いながら、手を振った。

「じゃあね、斎藤くん」

「ああ。また飲もうな」

「うん。暇だったら会社に電話して」

「OK」

他に客がいなかったので、女性客がいなくなると途端に店の中は静かになった。

「楽しい人ですね」

女将は斎藤の好きな鰹《かつお》の佃煮《つくだに》をほんの少し小皿にとって出した。

「昔っからさ、あいつはあんなんだったんだよね」

「小学校の同級？」

「そう。地元同士だから。中学は、俺、私立に行ったもんで別々なんだけど。十年前まではたまに商店街とかで遭ったりしてたんだけど、嫁に行っちゃって、全然会ってなかった。それが今日さ、東京駅でばったり。聞いたらもう二年も前から丸の内勤めだって言うじゃない、近くにいたのに意外と遭わないもんだなってお互い驚いてね、飲みに誘ったんだ。だけど人妻だからね、旦那の帰りは毎晩十時くらいらしいんだけど、夜食を食べるんで帰って支度しないとならないんだって。いいよなぁ、俺なんか真夜中にくったくったになって帰ったって、自分でお湯沸《わ》かしてカップラーメンだもん」

「斎藤さんはご結婚は考えていらっしゃらないの？」

「いや、考えてないわけじゃないですよ、そりゃ。でもねぇ、三十前後の結婚し易《やす》い時期には俺、海外勤務だったでしょ。戻ったのが三十五の時でさ、社内を見回すと、俺ぐらいのやつ相手にしてくれそうな女の人ってみんな、結婚指輪はめてるんだもんな。かと言って、こう忙しいと会社と無関係なところで相手を見つけるのは難しいし。いやまじでね、俺、結婚相談所に登録、考えてるんだよね。お見合パーティなんてもの欲しそうで嫌だったんだけど、同期のやつで結婚相談所の紹介で知り合った女性とゴールインしちゃったのがいるんですよ。それがなかなかいい女性なんだよね、しっかりしてそうだし、けっこう美人だし。あんな人がどうして結婚相談所なのかなぁ、不思議ですよ、ほんと」

「お見合って」

女将は空《から》になったコップに酒を注ぎながら言った。

「悪い制度ではないと思います。結局、恋愛だって出逢いはあるわけですから、お見合も出逢いのひとつだと考えれば」

「まぁそうだけど、でも、最初から結婚相手を見つけようとしてる女性との出逢いってのはも、ちょっとロマンがないと思わない？」

「でも斎藤さん、結婚のことをまったく考えていない恋愛の方が珍しいんじゃないかしら。十代の頃までは別としても、大人になったら、生涯の伴侶《はんりょ》といつめぐり逢えるのだろうと考えて暮らすのは、別段不思議なことではないと思うんですよ」

「つまりロマンチックな恋愛でもその根底には、やっぱり結婚相手を探してる現実があるってことだ」

「まあ……ある時期は、ですけれどね」

女将は、ほとんど無意識に言った。

「ある時期を過ぎてしまうと、人はひとりでいる方が楽しくなるものなのかも知れません」

「女将、迷ってるでしょ」

斎藤に突然言われて、女将は瞬きした。

「迷ってるよね、その口振りは。好きな男がいるんだけど、今さら結婚とかは考えたくない、でも好きだからそばにいたい。ね、女将、そうでしょ？」

「いやな斎藤さん」

女将は笑って、冷蔵庫から明太子《めんたいこ》を取り出した。

「そんなことばかり言ってると、これ、出しませんから。博多《はかた》のお店から直送して貰《もら》った、本場の明太子」

「わ、ごめんごめん。そんな意地悪言わないでよ、俺、明太子大好物なんだから。それ、茶漬けで食いたいな」

「はいはい。あら、いらっしゃい」

入って来たのは、月に一度くらい顔を出す村山《むらやま》という名の客だった。村山は警視庁の刑事なのだが、そのことを知っているのは女将だけだ。昨年の七月、ふとしたことで知り合った作家の娘が毒を飲むという事件があり、清水と共に、その解決のきっかけになった指輪について警察に説明しに行った時に、事情を聞いてくれた男だった。一度、御礼だと言って自分の金で飲みに寄って以来、何度か顔を見せてくれている。

村山は、手にビニールの袋を提《さ》げていた。

「女将さん、これね、ほんとに食べられるのかな」

村山から受け取った袋の中には、野草がたくさん入っていた。

「ちょっと仕事で奥多摩《おくたま》まで行ったんだがね、帰りに向こうの人がくれたんだ。おいしいからって。だけどわたしはほら、ひとりもんだからさ、どう料理していいのかさっぱり見当が付かなくてさ」

村山はもう五十に手が届く歳なのだが、妻とは数年前に死別し、娘も大学生になって独立してしまって、ひとり暮らしなのだ。

袋を逆さまにして流しのボールの上で振ると、どさっと山ほどの野草が落ちて来た。ハコベ、オオバコ、スミレ、ツワブキ、ドクダミ、あざみの根にタンポポ、カラスノエンドウ……

コゴミやノビル、タラの芽、カンゾウなど早春の野草のスターたちに比べると余りにも身近で見劣りがするが、その日に摘《つ》まれたばかりの春の草からは萌《も》えたつような香りがして、女将は嬉しくなった。

「もちろん食べられますよ。どうしましょう、料理させていただいてもよろしいのかしら」

「頼むよ、女将さん。どんなものが出来るの？」

「そうですね、葉ものはおひたしか胡麻《ごま》あえ、タンポポの葉は天ぷらにしましょうか。ツワブキの若い葉や葉柄《ようへい》は、バター炒めなんかもいいですよ。カラスノエンドウも天ぷらかしら。あざみの根は糠漬けにするととってもおいしいんですよ、ほら、山ごぼうってありますでしょ、あれはこのあざみの根なんです。タンポポの根も随分あるんで、きんぴらにしましょう」

「タンポポの根っこなんて、食べられるんだ」

斎藤が感心したように言った。

「知らなかったなぁ」

「この西洋タンポポはもともと、食べられる草として外国から持ち込まれたと聞いたことがあります。花も葉も根も、全部食用になるんですよ。あの村山さん、こちらにも少しお出ししてよろしい？」

「もちろんもちろん」

村山は、飲み相手がいたのが嬉しいようですぐに斎藤の横に腰掛けた。

「良かったらどうぞ、付き合ってください。あんなにたくさんあっちゃわたしと女将だけじゃ食べきれない」

女将が調理を進めるあいだに、斎藤と村山はすっかり意気投合して、男のひとり暮らしについての話で盛り上がっていた。話が弾《はず》んでいるせいなのか、もうけっこういろいろと食べた後だというのに、斎藤も次々と野草料理を平らげる。村山もすっかり満足そうで、いつになく饒舌《じょうぜつ》だった。

斎藤は、タンポポの根のきんぴらが気に入ったらしい。大きな声で言った。

「しかしうまいなあ。タンポポってこんなにうまいもんだったんだ。惜しかったなぁ、タンコにも食べさせてやりたかった」

「ほんとにね。ちょうど村山さんと入れ違いで。でもあの方、このタンポポみたいな印象の方ですね。明るくて気さくで、周囲の人間が楽しくなるような」

「女将が褒《ほ》めてたって知ったらあいつ、喜ぶよ。あいつ、あんな風に能天気に見えてけっこう、苦労してるやつだから」

斎藤はタンポポの花の天ぷらを箸でつまんで目の高さに持ち上げた。

「あいつのお袋さんね、あいつが中学の時だったかな、強盗に殺されちゃったんですよ」

村山の片方の眉がひくりと動いたが、表情は変えずに黙ってビールを口に運んだ。


「死体を発見したのがあいつだったって噂《うわさ》、聞いたけど、どうだったのか……地元では一時、大騒ぎだったんです。本当に気の毒だよなぁ……タンコのお袋さんには、小学校の時によく、手作りのクッキーとか貰ってて。けっこう綺麗な人だったような記憶があるんだけど。お袋さんが死んでから、まだ小学生だった弟もいてさ、タンコ、部活も辞めて母親代わりをやってたって、タンコと同じ公立の中学に行ったやつから聞いたけど、それがその弟さんもね……十五年くらい前だったかなぁ、バイクの事故で死んじゃって。お葬式に行ったんだけど、タンコの親父さんはもう、呆然《ぼうぜん》としてるって感じだったな。で、その親父さんはがっくりしたせいか病気になっちゃって、二年くらい入院してたんだけどやっぱり死んじゃって。なんかね、あんな明るい、さっぱりしたいいやつがどうして次々と不幸に遭うのか、運命ってのは不公平だって気がしますよ、ほんと」

「その強盗は、捕まったんですか」

村山が言葉少なに問いかけた。斎藤は頭を横に振った。

「結局捕まらないで時効になっちゃったって聞きました。その時効が成立した翌年に、あいつ、突然結婚して地元からいなくなっちゃったんですよ。それから会ってなかったんだけど」

「それは……気の毒でしたね」

村山は静かに言った。

「せめて犯人が捕まっていれば……」

「ええまあ、犯人が捕まったからってタンコのお袋さんが戻って来るわけじゃないけど、遺族感情ってのはそんなもんじゃないですよね。だけど今日の調子だとあいつ、けっこう幸せそうにやってるみたいだから、まあ良かった」

斎藤はコップ酒を飲み干して、ふっと笑った。

女将は、斎藤が幼い頃から秘めていたあの女性への想いのようなものをちらりと、垣間見た気がした。

2

少し早めに店に来た女将は、糠床《ぬかどこ》から何本かのあざみの根を取り出し、端を少し噛《か》んでみて、満足して頷いた。いい漬かり具合だ。これなら男のひとり暮らしには便利な惣菜になるだろう。酒のつまみに良し、ご飯の供に良し。

さっと糠を落としてラップでくるみ、ビニール袋に入れてさらに紙袋に入れる。糠味噌の匂いは、嫌いな人にはかなりきついもの、村山が職場で困ることになってはいけない。

警視庁の建物は余りにも立派で、やはり気後れがする。電話では村山は、喜んで待っていてくれると言ったのだが、女将は受付に何と言えばいいのか、迷っていた。

だが心配はいらなかった。エレベーターのドアが開き、村山の半分白くなった髪の毛が見えたのだ。

「どうもお仕事中にすみません」

女将が頭を下げると、村山は外を指さした。

「天気もいいし、ちょっと出ましょう」

女将はホッとして頷いた。

「どこか喫茶店にでも行きますか」

「あ、ええでも」

女将はお堀に映《うつ》る桜を目に留めた。

「この辺りを歩いてお花見というのも、素敵じゃないかしら」

「それはいいな。けど、同僚に見つかったら後で冷やかされてしまうかな」

村山は頭を掻《か》いた。

「女将さんは少し、綺麗過ぎるから」

「やめてくださいな、からかうのは」

女将は言ったが、どちらかと言えば木訥《ぼくとつ》な感じの村山の口調だと、お世辞もそれなりに心地よい。

「あのそれで、これ」

女将は紙袋を手渡した。

「ちょうどいい漬かり具合だと思います」

「嬉しいなぁ」

村山はまた頭を掻く。

「女房が死んでからこっち、糠漬けは市販品しか食べていなかったから。ばんざい屋の糠漬けは本当にうまい。何か秘訣があるんですか」

「糠漬けには秘訣なんてないんですよ。糠漬けを発酵させる菌は、その家の空気ごとに少しずつ違うんですって。おいしい糠漬けが出来る場所には、きっと、いい菌がいるんです。それだけですわ」

「その家の空気ごとにねぇ。微生物の世界というのは本当に不思議ですな。ばんざい屋の空気の中には、いい菌がたくさんいるわけだ……じゃ、遠慮なくいただきます。えっと」

村山は桜の木のそばのベンチを指さした。

「ちょっとあそこに座りませんか」

女将は頷いた。村山は何か自分に話があるのだと思った。

「先日の夜以来、わたしも職業柄気になってね、ちょっと古い記録を手繰《たぐ》ってみたんですよ」

「斎藤さんが言ってらした、タンコさんのお母様の事件ですね？」

「そうです。事件があったのは今から二十五年前、一九七五年の四月のことでした。被害者の名前は丹後佐和子《さわこ》、当時四十歳。遺体を発見したのは、娘の美香《みか》、当時まだ十三歳だったんです」

「その美香さんが、タンコさんね……」

「死因は絞殺、室内は滅茶苦茶になっていて、被害者が必死に抵抗した痕跡《こんせき》がはっきりと残っていたようです。室内は物色された形跡があり、被害者の貴金属類が少しと、家賃の支払の為にその日銀行から下ろしたばかりだったはずの現金七万円ほどが、紛失していました。当時の捜査本部は強盗殺人事件と断定し捜査にあたったわけですが、残念ながら未解決のまま時効となっています。しかし」

村山は一度大きく息を吸い、それから吐き出した。

「奇妙なことがあるんですよ。丹後美香が結婚した相手、若井尚太《わかいしょうた》という男は、丹後佐和子さんの殺害事件の重要参考人として、警察が一時期、マークしていた人物であるようなんです」

女将は驚いて村山の横顔を見つめた。

「先程も言いましたがね、事件のあった日の朝、被害者は銀行で七万円を下ろし、それを銀行の封筒に入れて、上から『家賃』と書いて箪笥《たんす》の引き出しにしまっていたはずでした。毎月彼女がそうしていたのを、夫が確認しています。その日は彼等が住んでいた借家の家賃の支払日になっていて、夕方、近所に住む大家さんが会社から戻るのを待って手渡す予定だったわけです。また同じ日の昼頃、ＰＴＡの役員だった被害者は外出する予定があったのですが、頭痛がするので行かれないと別の役員の家に電話が入っていたそうです。事実犯行の現場となった和室には布団が敷かれたままでしたから、被害者が頭痛の為に銀行から戻ってから家で寝ていたのは間違いない。つまり、下ろした金はそのまま家の中になければいけなかった。ところが箪笥の中にはそんな封筒は見当たらなかった。銀行から七万円が下ろされたのは事実なのに、です。そして……若井尚太は当時、丹後美香が通っていた塾の講師をしていた大学院生でした。彼の名前が捜査線上に浮上したのは、彼が滞納していた三カ月分の家賃を、丹後佐和子が殺害された当日の夕方に銀行から大家の口座に振り込んだという事実からでした。三カ月分の家賃の合計は、六万円でした。しかしそれだけではもちろん、ただの偶然に過ぎない。問題なのは、若井が塾講師として月額で十万もの収入を得ていたにもかかわらず、なぜ家賃を滞納していたのかという点です。調べてみると若井は、それまでにも二カ月、三カ月と家賃を滞納することがあって、今度支払が滞《とどこお》ったら退去して貰うと通知を受けていた。捜査本部は、若井が金に困っていた理由を突き止めました。若井はその事件の一年ほど前に自動車の接触事故を起こしたのですが、警察に通報せずに示談に応じてしまったんです。そしてその相手が、暴力団絡みだったわけです。二万、三万と金をむしり取られ、その総額は一年間で百万以上になっていた。当時の金としては大変な金額です」

村山は言葉を切った。女将は、喉《のど》がひりひりと渇くのを感じた。

「結局、若井に関しては家賃を突然振り込んだという以外に犯人であることを証拠付ける事実は出なかったようです。若井の説明では、事件前日の日曜日に馬券を当てたのでそれで支払ったということで、若井が前日に場外馬券売場にいたことは確認が取れましたし、当たったレースに関しての記憶も曖昧と言うほどではなかった。いちばん肝心な死亡推定時刻のアリバイも、大学にいた、ということでほぼ成立してしまいました。キャンパスで若井の姿を見かけた学生が何人かいたわけです。若井は捜査線上からはずれました。そして、事件そのものも時効になってしまった。しかし……あたかも時効が成立するのを待っていたかのように、丹後美香が若井と結婚したというのは、いったい、何を意味するのか……時効の成立によって、犯人に対する警察や司法の手による報復が不可能になった時、美香は何を考えたのか……」

女将の足下で、黄色い花をつけたタンポポが風に揺れている。

「まあ……だからと言って、どうということもないんだけどね」

村山は小さく笑ってベンチから立ち上がった。

「悪い習性なのかも知れない。つい余計なことを考え過ぎる。若井は大学院を卒業後、まともな会社に就職して今はどこぞの研究所の研究員だそうだ。収入もいいだろうし、丹後美香が幸せなら……女将さん、つまらない話を聞かせてしまって申し訳なかったです。糠漬け、本当にありがとう。また近い内にばんざい屋に寄らせて貰いますよ」

村山は軽く手を振ると、警視庁の建物の方へと歩いて行った。

女将はしばらくそのままベンチに座り、皇居の周囲をジョギングしている人々を、見るとはなしに眺めていた。

3

珍しく、開店から清水が客として訪れていた。その日、清水の店は臨時休業していたのだ。

「店の真ん前で道路工事されたらさ、どうしようもないよ」

清水はうんざりしたように首を振った。

「ともかく音がものすごくてお客さんの声が聞こえないしさ、道路の真ん中に大きな穴が開いてるんだもの、通行人なんていやしないじゃない。参ったよ。昨日は無理して開けていたんだけど、閉店までに売れたのは、三百五十円のインドネシアのお香立てが一個だよ。今日はもう諦めて休業さ」

「災難だったわね。それじゃこれ、あたしからサービス」

女将は筍《たけのこ》と若布《わかめ》の炊き合わせを清水の前に置いた。

「そろそろ筍も盛りは過ぎてしまうけれど」

「うわ、大好物だ」

清水はとても嬉しそうに箸を割る。

「吉永さん」

清水は筍の小鉢を見たままで言った。

「この前の話なんだけど……あの……新緑の京都の」

「……ええ」

女将も、煮物を気にする振りをしながら答える。こんな時に二十代の若者たちのような、思いきり素直な仕草が出来たらいいのに。

「その……誰か他に誘いたい人がいればさ……人数が多いとホテルの予約とかもあるでしょう」

「わたしは別に……誘いたい人というのも。清水さんの方がどなたかいれば」

「あ、僕もその、特にない……かな」

「だったら」女将は気付かれないよう深呼吸して言った。「よろしいんじゃないかしら……無理して誘わないでも……ふたりで」

清水と出会ってもう、何年になるだろう。

行きつけの骨董《こっとう》店の主人で、とても感じのいい人。そんな程度の関係から、次第に友達として付き合うようになった。友達でいた期間が長かったので、今さら清水に対してこんな感情を抱くことになるなどとは、思ってもみなかった。

「そうだね……ふたりで、行こう」

清水はやっと言って、それから笑顔になった。

「連休は混むし、その後がいいよね。でも梅雨に入ると雨が多くなるから……」

「雨でもいいわ」

女将は、清水のコップにビールを注いだ。

「紫陽花《あじさい》が咲いている三千院《さんぜんいん》を歩いたり、雨でも楽しいことはたくさんあるもの」

そう、雨でもいい。

清水とならば、この先の人生、少しぐらい雨が降ってもきっと、楽しく過ごして行かれるだろう。

ドアが開いた。まだ六時前だったので、客が来るのが少し意外だった。入って来たのは斎藤だった。

「あら、いらっしゃい」

斎藤は清水と顔見知りだったので、清水の顔を見てどことなくホッとしたように頷いた。

「いいですか、隣り」

「もちろん、どうぞどうぞ。お久しぶりでしたね、斎藤さん。僕はいつも閉店間際に来るから、なかなかお会い出来ないですね」

「今日はお早いんですね」

「店を休んだんですよ。店の真ん前で道路工事されちゃいましてね、昨日はもう開店休業状態で、電気代も出そうにないんで今日は閉めました」

「ああいうの、迷惑を考えてくれないですからね」

「まあ、いちおうね、人が通れるようにはしてあるんですが、でっかい穴の脇に頼りない板が渡してあるような状態ですから、そりゃわざわざ通りたいと思う人もいませんよね」

「斎藤さん、おビールでよろしい？」

「うん、頼みます」

斎藤の顔はなぜか、心持ち蒼《あお》かった。

女将は斎藤が手にしたコップにビールを注ぎながら訊いた。

「お風邪でも召《め》されたの？　少しお顔の色が、悪いみたい」

「いや、そうじゃないんだけど」

斎藤は、コップのビールを半分ほど一気に呷《あお》った。

「ちょうど良かった……清水さんは骨董屋さんでしたよね」

「ええ、高価なものはあまり扱わないんですが」

「でしたらこれ、何だかわかりますか」

斎藤がポケットから取り出したのは、鈍い銀色のブローチのようなものだった。

「これは……」

清水は手にとって裏返し、頷いた。

「帯留めですね。女性の着物の帯に付けるものですよ。凝《こ》った細工です……たぶん素材は銀じゃないかな。それと、この赤い玉は珊瑚《さんご》ですね。でもけっこう古い物のようだ……うーん、昭和初期くらいのものかな? これ、どうされたんです?」

「さっき会社に届いたんですよ、宅配便で」

斎藤は顔を上げて女将を見た。

「タンコからでした。でも、タンコの会社に電話したら今日は来ていないって言うし……自宅の住所はわからないし……会社に訊いても教えてくれなかったんですよ」

「手紙とかは付いていなかったんですか」

斎藤は首を横に振った。

「こんなものだけ、入っていたんです」

斎藤がカウンターの上に置いたものは、一枚の栞《しおり》だった。手作りらしく、厚手の和紙を短冊《たんざく》に切って紐《ひも》が結んであり、その和紙には押し花が貼り付けられている。

押し花の花は、タンポポ。

「手紙を入れ忘れたんじゃないのかな……それとも、その栞が何かのメッセージなのかな?」

清水が栞をそっと摘《つま》んだ。タンポポの花の色はまだ鮮《あざ》やかな黄色で、押し花が完成してから間もないことがわかる。

「花言葉、じゃないかしら」

女将は思いついて言った。

「タンポポの花言葉って、何でしたっけ?」

「花言葉ってのは流派というか、国や地域で随分ちがうからなぁ。大抵は、正反対の意味の言葉があったりするんだ。ヨーロッパでは、手紙に封をする封蠟《ふうろう》ね、あれによく花言葉が使われたりするんだけど。タンポポは……確か、思わせぶりとか、軽率とか、いくつかあったよ。うーん、家に戻れば何冊か花言葉の本があるから、拾えるんだけどな……あれ?」

清水は、片手に持ったままだった帯留めを目のそばに近づけた。

「何だこれ……錆《さ》びてるだけかな、それとも……」

清水は帯留めを女将の方へと差し出した。女将は清水が指で示した箇所を見つめた。

銀色の細かな花模様の細工の、彫り込まれた溝の中に、何か黒い汚れが入り込んでいる。古いものなのか、汚れは完全に固まっていて指先でこすっても取れない。

女将は、じっと帯留めを見つめていてから、いきなりカウンターを飛び出してレジ横の電話に飛びついた。

「もしもし、あの、捜査一課の村山さんをお願いします。申し訳ありません、緊急なんです！　わたしですか、わたしは吉永と言います。村山さんに吉永と伝えていただければわかります！」

女将が受話器に向かって叫ぶと、清水は弾かれたように女将のそばに立った。

「どうしたんだ？　村山ってあの刑事だよね、いったい、どうした、吉永さん！」

「タンコさんが……早くしないとどんでもないことに……」

「タンコがとんでもないことって、それどういう意味なんです？」

斎藤も驚いて席を立つ。

「村山は出ています」

鋭い感じの男の声が女将の耳に聞こえた。

「良かったら代わりに聞きますよ。ご用件は？」

「あの、村山さんと連絡は取れませんか」

「おたくさんの連絡先教えて貰えたら、村山からすぐ連絡させますけども」

「わかりました。そうしてください。あの、ちょっと待って」女将は送話口を押さえた。

「清水さん、携帯電話の番号、教えて」

清水が携帯の番号を告げると、女将はそれを電話の相手に伝えて受話器を置いた。

「村山さんからすぐ電話があると思うけど、その前に調べてみましょう。電話帳でわかるかも」

「何を調べるの？」

「タンコさんの現住所です。ご主人の名前は若井尚太……えっと、斎藤さん、タンコさんが今、何区に住んでるか聞きました？」

「世田谷《せたがや》って聞いた覚えがあるけど」

「世田谷の電話帳！　世田谷なら、そうね、松尾《まつお》さんがいるわ」

女将は店の客で世田谷でチェーン展開の薬局を営《いとな》み、月に一度、丸の内の本社にやって来る松尾に電話した。松尾は幸い店にいて、世田谷区の電話帳から若井尚太を探してくれた。

若井尚太の名は、電話帳に見つかった。

「急ぎましょう」

女将は臨時休業の札を下げて暖簾《のれん》をしまった。

「タクシーの中で話します」

＊

「タンコさんは、お母様を殺した犯人と結婚したんです」
女将が言うと、斎藤は大きく口を開けた。
「なんだって、そんな……」
「タンコさんの夫の若井尚太は、ヤクザの車と事故を起こしてお金を強請《ゆす》り取られてい
て、家賃も払えない状況でした。それで空き巣に入ることを考えついたんだと思います。
タンコさんは当時、若井の塾の教え子でした。教え子の住所は塾の名簿でわかります。若
井は生徒たちから巧《たく》みに家庭のことを聞き出し、その日、タンコさんのお母様が家賃の支
払の為に銀行からお金を下ろすことを聞き出していたんでしょう。しかも、その日の昼過
ぎにはPTAの役員会に出る為に外出すると聞いていたんだと思います。若井は空き巣に
入ってお金だけ盗むつもりでした。ところが、運悪くタンコさんのお母様は頭痛のせい
で、外出を取り止めて家で寝ていたわけです。留守だと信じ込んでいた若井は、玄関の呼
び鈴を鳴らすこともしないで家に忍び込んだんでしょう、そして、居間でお金を探し始め

た。寝ていたタンコさんのお母様は若井の気配で目が覚めて居間に行き、若井に出くわして騒ぎになってしまいました。若井はシロウトの犯罪者ですから、騒ぎになってパニックを起こし、逆上してしまったんだと思います。逃げるお母様を襲い、首を絞めてしまった……ですが、若井には運がありました。若井が適当に主張したアリバイを警察が崩すことが出来ず、また、若井の犯行を裏付ける証拠も見つからなかったわけです。結果として若井の疑いは晴れてしまったことになり、事件は時効になってしまったわけですね」

「しかしなぜ、タンコはそんな奴と結婚なんか……何も知らなかったのか……」

「そうではないと思います……若井にしたところで、自分が殺してしまった女性の娘と結婚することなどは躊躇《ちゅうちょ》したはずです。それを決心させるだけ、タンコさんの方が積極的だったとしたら……たぶん、タンコさんは若井が真犯人であることに、いつの頃か気付いたんですね。きっかけは何だったのかはわかりませんが……例えば、若井が自分の家庭について聞き出していたのを思い出したとか」

「だったらすぐ警察に言ったでしょう?」

「殺人事件でも、数年を経て解決しないと迷宮入り扱いになるそうです。そうなると捜査本部は縮小され、捜査員の数も減らされてしまうんでしょうね。タンコさんが若井を真犯人だと気付いたのが事件後かなり経ってからだったとすれば、タンコさんがいくら訴えても、取り上げて貰えなかった可能性はあると思うんです。つまり、タンコさんの主張があまりにも根拠薄弱だった場合、既に成立したと判断されている若井のアリバイを崩せなければ、若井を再度取り調べたところで何も出て来ないと判断されてしまったのかも……タンコさんが若井と結婚を決意したのも、確証を摑《つか》みたかったからではないかしら。時効が成立した後であれば、若井の気は緩《ゆる》みますよね。タンコさんは日常生活のあらゆる機会を使って、若井が強盗殺人犯であったという証拠を見つけようとしたんでしょう。タンコさんにとってはもはや……時効などどうでもいいことでした。時効などいくら成立しても、タンコさんにとって、母親を無惨に殺されたという事実が変化することはなかったからです」

「タンコの馬鹿野郎！」

斎藤が叫んだ。

「どうしてそんな馬鹿なことを……どうして誰にも相談しなかったんだ……」

「タンコさんが若井を犯人だと思った時には既に、相談出来る人が周囲にいなかったのではないかしら……弟さんも、お父様も亡くなられていて……」

「それで吉永さん」

清水が訊いた。

「この帯留めは……？」

「恐らく、紛失していたお母様の貴金属のひとつです。つまり、若井が物色してついでに持ち去った物のひとつでしょう……ここに固まって付着している黒い染みは、必死に抵抗するお母様を殺害した時に若井が指先かどこかに負った、小さな傷から出た血ではないかと……少なくともタンコさんはそう思ったので、これを斎藤さんに送って来たのではないかしら。これを調べれば昔の事件の真相が総《すべ》てわかる、と言いたくて」

「若井はどうしてこんな物をいつまでも持っていたんだ……」

「たぶん、恐くて捨てることが出来なかったのでしょうね。貴金属を盗みはしたものの、故買屋《こばい》につてなどはなかったでしょうから、結局はお金に換えられずにどこかに隠していた。タンコさんは十年かけて若井が強盗殺人犯だという証拠を探していて、そして遂《つい》に、あの時奪われた母親の形見を見つけ出したんです。若井が実家に隠していたのか知人に預けていたのか、あるいは、自分の持ち物の中に隠していたのか、いずれにしても、これが出て来た以上は、強盗殺人を犯したのは若井だと断定出来る……でもタンコさんにとっては、これを今さら警察に届けたところで何の意味もありません。時効は成立してしまい、若井が逮捕されることはもうないからです。それどころか、警察に訴えて出れば当然、離婚になるでしょう。そして若井は警戒して、二度とタンコさんの前に姿を見せなくなるに違いありません……」

「運転手さん、急いでください！」

斎藤は必死に叫んだ。

「急いで！　早く行かないと、あいつは……タンコはひとりで若井に復讐を……」

清水の携帯のベルが鳴った。村山からだ。

清水は電話を女将の手に渡した。


「吉永さん？」

「村山さん、丹後佐和子さんの事件が起こったのは四月だと言ってましたよね。正確には四月何日なんでしょうか」

「もしもし、どうしたの？　なぜそんなことを」

「何日なんですか、村山さん！　もしかしてそれは……今日か、明日ではないんですか？」

「あ」

村山の声が詰まった。

「……明日だ。吉永さん、まさか……」

「急いで手配してください。わたしも今、美香さんの家に向かっているところです。お願いします、急いで。美香さんが、はやまったことをしてしまう前に！」

## 4

タクシーが若井家の玄関前に到着した時丁度、向かい側にパトカーの赤色灯が見えた。

斎藤は玄関に突進し、鍵がかかっていた引き戸を足で蹴破《けやぶ》って中に飛び込んだ。

「タンコ！　いたら返事するんだ、タンコ！」

土足のまま二階へと駆け上がる。女将も清水も、その後に続いた。

二階には二間あるようで、手前のドアを開けると若井の書斎だったが、誰もいない。斎藤は舌打ちして飛び出し、次のドアに飛びついた。ドアには鍵がかかっていた。

「タンコ！」

斎藤は拳《こぶし》でドアを叩き続けた。

「開けるんだ、開けるんだ、タンコ！　タンコ！」

制服の警官が駆け上がって来る。斎藤をどかしてドアに取りつこうとしたが、斎藤はどかずに叫び続けた。

「俺が聞いてやる！　おまえの考えたこと、おまえが知ったことは全部聞いて、俺は信じてやる！　それで、俺が代わりに復讐してやるから！　だからここを開けてくれ！　タンコ、おまえは何もしたらダメだ、するな！　おまえはそんなこと、やったらダメなんだよ、タンコ!」

斎藤は泣いていた。泣きながら、ドアを叩き続けていた。

「おまえはいつだって一所懸命やった。みんなそれを知ってる。おまえはいつも、明るくて元気だった。みんなそんなおまえのことが好きだったんだ! おまえには似合わない、こんなことはちっとも似合わないぞ、タンコ!」

突然、ドアが開いた。

斎藤は叩いていた勢いのまま前のめりになって、ドアの向こう側に立っていた、美香の胸に飛び込んでいた。

美香は、警官を見て、女将と清水を見て、それから自分が抱いている男を見た。

「わざわざ来てくれてありがとう……ヨッちゃん。大丈夫よ……結局、出来なかったの。あたし、馬鹿みたい。夫は……若井は眠っています。眠っているだけです……夕飯に睡眠薬を混ぜて眠らせました。でも……寝顔を見ていたら……この十年、あたし、本当は探さなかったの。探すつもりで結婚したのに、見つけてしまうのが恐くて……母を殺したのが若井だという証拠を見つけてしまうのが……十年一緒に暮らしたんだもの、仕方ないわ。ヨッちゃん、あたしには、出来ない。明日、ママのお墓に謝りに行って……ここを出ます」

「それでいいよ」

斎藤は立ち上がり、しっかりと美香を抱いた。

「それでいい……タンコには、それが似合うよ」

＊　＊　＊

「帯留めに付いていたのは、結局、血じゃなかったんだって」

清水は、小さな大理石の置物を磨きながら言った。

「でも吉永さんの想像通り、美香さんは血だと思い込んで、わざわざあれを斎藤さんに送ったみたいだよ。ただね、彼女がいくつかあった母親の形見からあれを選んだのには、他の理由もあったと思うんだ。彼女は自分が若井を殺して自殺した後でも、斎藤さんにだけは、本当の気持ちを知っていて貰いたかったんだろうね」

「本当の、気持ち？」

「うん。あの時は気付かなかったんだけどさ、あの帯留め、とても凝ったデザインでね、桔梗《ききょう》と南天《なんてん》をモチーフにしてあったんだよ。桔梗の花言葉は、変わらぬ想い。南天の花言葉は、良き家族、だ……美香さんは、とても幸せな家族だった自分たちを血で汚した犯人を殺すのだと斎藤さんに宣言し、それでも、あなたへの想いは変わらない、と言おうとした……僕にはそんな風に、思えるんだ。吉永さんの言った通り、彼女はタンポポの押し花とあの帯留めに託された花言葉を、斎藤さんに送ったんだ」

清水は、磨きあげた大理石の置物を棚に戻すと、女将の手から空のコーヒーカップを受け取り、もう一杯コーヒーを注いだ。

「タンポポの花言葉、調べたよ。いちばん有名な花言葉は、離別、だった」

清水は、コーヒーの香りに目を細めた。

「美香さんは、あの栞で斎藤さんに、さよなら、と言ったんだね」

「でも、さよならじゃないわよね。斎藤さんは、きっと」

「もちろんさ。彼にはね、美香さんが若井と正式に離婚して気持ちが落ち着いたら、スミレの花束を持って美香さんに逢いに行くといい、とアドバイスしておいた」

「スミレの花言葉ならあたしも知っているわ。真実の愛、よね？」

清水は頷いた。そして、座っているレジ横から手の届くところに並べてある、七宝《しっぽう》焼の古いピルケースのひとつを取り、女将に手渡した。

蓋に、可憐《かれん》なスミレの描かれた、小さな箱を。

女将は微笑んで、その箱をそっと胸に押し当てた。

「タンポポには、別の花言葉だってある。正反対の意味のね」

清水は、レジの横に置かれたガラスのコップを手に持った。中には、付近の道ばたから摘んで来たのか、葉が少し汚れたタンポポが三輪、透明な水に生けられている。

「せっかくだから、いい意味の花言葉で憶えてあげてよ」

「ええ、そうするわ。教えて」

「真心の愛」

「真心の、愛……そう憶えるわ」

「うん。ほら、こいつらも喜んでる」

清水は笑って、コップをレジ横に戻した。

水が揺れて、黄色い丸い花が、陽気に笑ったように見えた。

# ふたたびの虹

All the Colors of the Rainbow

ばんざい屋の六月、それから……

# 1

梅雨《つゆ》の晴れ間のせいか、それともようやく店の前の道路工事が終わったからなのか、今日は随分と忙しかった。

清水は、腕をぐるっと回して肩にへばりついていた疲れを払うと、その日の売り上げを数えて簡単な帳簿をつけた。本来、こうした作業は性《しょう》に合わず、もっとも苦手としているのだが、苦手なだけに毎日少しずつやるように心掛けていないと、あっという間に何カ月分もたまってしまって、年が明けてから確定申告までの日々に大変な苦労をすることになる。何回かそれで痛い思いをして、ようやくここ二、三年ほどはこまめに事務処理をする癖が身についた。

それにしても、俺みたいな人間に商売がつとまっているというのは、なんとも不思議だ。清水は、高校を出てからの落ち着かない人生を何となく思い出しながら、前の日に仕入れたばかりのスペイン製の水差しをやわらかな布で丁寧に拭《ふ》いた。

本当に、落ち着かない人生だった。

自分は少しだけ遅く生まれてしまった人間なのだと気付いたのは、高校三年生の時だった。すでに一九七〇年は遠くに去り、全共闘の残した時代の煤《すす》は、まだあちらこちらにこびりついていたものの、摑《つか》もうとして摑める実体はどこにもなかった。卒業するつもりなどはなかったのに、面倒なことを嫌った高校は清水を自動的に卒業させ、肩書きも親の支援もなくなった状態で東京に出て、知り合いのつてを頼って福生《ふっさ》の米軍住宅に転がり込む。毎日毎日、酒を飲み、レゲエに酔って、金がなくなると土木作業のアルバイトに出る。古本屋で実存主義の本を漁《あさ》り、物珍しさに寄って来る世間知らずの女子高生と寝て、ふと気がつくと二十歳が目の前にあった。

このまま歳をとってしまったら、俺には本当に何も残らないな。

そう思ったら笑いが止まらなくなった。そして笑いながら、たまたまヨーロッパに旅に出る予定だった知り合いにくっついて日本を出た。あの時の飛行機代はいったい、どうしたんだったっけ？　カンパを集めていろんなやつから借りたんだったかそれとも、俺に惚《ほ》れてると言っていた、あの金持ち女子校の女の子に出させたんだったか。いずれにしても、踏み倒したまま返していないことだけは確かだ。いつか返すことが出来たらいいんだが……でも、もしあの女の子が債権者なのだとしたら、今さら俺なんかが彼女の人生に参加するなんて迷惑以外のなにものでもないに違いない。きっとあの子は、高学歴高収入の男と結婚して、子供を私立の小学校に通わせて、カルチャーセンターに通って、ついでにボランティア活動か何かにも首をつっこむ、そんな人生をおくっているだろうから……そんな感じの子だったものな。無邪気で何も知らなくて、そして、ずるがしこかった。

清水は笑いながら、埃《ほこり》をぬぐい終えた水差しを棚に並べた。これはなかなかいい品物だ。時代はそんなに古くない、まあせいぜい、三十年前といったところだけれど、何より色合いがいい。フォルムも素敵だ。だがスペイン風というには少し、色の使い方が洗練され過ぎているような気もするが……

どこかでこんな色合いの焼き物を見た覚えがある。あれはどこだったっけ?

南フランス。

そうだ、南フランスの田舎《いなか》町で、こんな焼き物を見たことがあった。なんという名前の町だったか……

ヨーロッパは三年放浪した。フランスが特に気に入ったわけではなかったが、最初に頼ってくっついて歩いたやつがフランス語が出来た関係で、フランスにいた期間がいちばん長かった。それから東欧を経て中東、インドと流れ、東南アジアでまた四、五年過ごした。最後にフィリピンから日本に戻った時には、二十九になっていた。九年は長かった。すっかり浦島太郎になってしまった身にまともな仕事などはあるはずがない。だが運が良かったことに、日本にはエスニック料理のブームが来ていたのだ。昔の知人がやっていた喫茶店に転がり込んで、見よう見まねで覚えたいい加減なアジア料理を作ったらこれが受けて、店は繁盛し、その知人と共同経営で始めた無国籍料理の居酒屋がまた大当たりして、小金も出来た。店の権利をその知人に譲って、放浪している間に虜《とりこ》になっていた世界各国の古い雑貨を集めたこの店を始めたのが五年前。家賃が払えるだろうかと心配しながら開いたのだが、けっこう何とかなっているのも、やはり幸運だということなのだろう。

だがいちばんの幸運はやはり、あのひとと出会えたことだ。

清水は、吉永の顔を思い浮かべて、ひとり満ち足りた気分にひたった。

彼女が初めてこの店を訪れたのは、もう三年近く前になる。ふらりと入って来た初顔の客だったので、最初は特に気にもとめなかったのだが、品物を見つめる熱心さからただの冷やかしではないことは一目《ひとめ》でわかった。雑貨好き、古物好きの人間には特有の雰囲気があるものだ。ただ好きだからと言って無闇《むやみ》に買ってくれる客というのはいない。むしろ、好きな客、通な客ほど品物を選ぶ時は慎重で、無駄な金は遣《つか》わない。アンティークとブロカントの区別も付けずに、少し古びた物ならば喜んで買って行ってくれるシロウトの方が、清水の経営しているような小さな商売の客としては有り難いこともあるのだ。だから清水は、その、ほっそりとして上品な姿形をしてはいるが、なかなかにうるさそうな女性客のことはそっとしておき、納得するまで自分で選んで貰《もら》うことにして、別の若い女性客二人をもっぱら相手にしていたのだ。

結局、その若い二人連れは、特に古いわけでもないが何となく雰囲気はある、アメリカで数年前にウィスキーメーカーの景品だったコルクのコースターのセットを買って行った。彼女たちが店を出て行った時、ひとりで古い陶磁器の皿を物色していた彼女が、数枚の皿を手にレジに向かって来た。

「お願いします」

たった一言、彼女は言った。

清水はその時、自分が一目惚《ぼ》れしたことに気付いていた。ほっそりとした、だがよく働いているのがわかる少し節の立った指先から、清水の手に小皿が手渡される。どの皿も、清水自身が気に入っている大正末期の絵皿ばかりで、さほど高価ではないが、とても趣味の良いものばかりだった。

清水は、本当に何年振りかで、胸がどきどきする、という体験をしていた。目がさめるほどの美人、というわけではないのだが、どこか少しだけ翳《かげ》を感じる、だがすっきりとした面立《おもだ》ちで、黒目がちの瞳だけがいたずらを仕掛ける子供のようにきらきらと輝いている。全体の雰囲気から自分より少し年上かもしれない、と思ったが、威圧感を感じるほどのものはなかった。

「全部で、八千二百円です」

言いながら、皿を一枚ずつエアキャップでくるみ、テープで止めている間中、何とかして彼女と親しく口をきき、時々は店に寄って貰うきっかけを作れないものかと考えていた。

「ど、どれもいい絵ですよね。僕も気に入っているんですよ」

確かそんなようなことを、半ば必死に言った記憶がある。

「大正というのは短い時代だったのに、あの頃に作られたものには独特の雰囲気がありますね」

「大正時代のものなんですか」

女性客は、優しい声で言った。

「戦前くらいかなと思ったんですけど。わたしまだ、こうしたものは勉強を始めたばかりなんです」

「僕もさほど詳しいわけではないんです。この店も、もともとはエスニックの雑貨屋のつもりで開いたんですけどね、知人に骨董《こっとう》に詳しいやつがいて、そいつの趣味で仕入れを手伝って貰っている内に、だんだん骨董の方が多くなって来て。でも本物の骨董を扱う目は持っていないんで、もっぱら、ブロカントばかりですがね」

「パリの蚤《のみ》の市を思い出すわ」

女性客はそう口にして、店内を本当に懐かしそうな目で見回した。普通、パリの話などを唐突に持ち出せば嫌味な感じがするものなのだが、彼女の口振りは余りにも自然だったので、清水にはむしろ心地よいものに感じられたほどだった。

「蚤の市に行かれたことがありますか」

「ええ……週末には必ず遊びに出掛けていました。お金がなかったので高い物には手が出なかったんですけれど」

「僕も同じです。僕なんか、もっぱら見て冷やかしているばっかりで、買う物と言ったら古着と生活必需品だけだったなぁ」

その二言の会話だけで、自分と彼女とが共にパリ暮らしを体験しているという共通項を見つけた。それだけでとても満足だった。

あの日から、彼女は時々顔を見せてくれるようになり、清水はその訪問が待ち遠しかった。彼女の名前が吉永、といって、丸の内に小料理屋を開いている女将《おかみ》さんなのだと知って、その店にも時たま行くようになった。丸の内の店、というので最初はどんな高級店かと心配して出掛けたのだが、近代的な巨大ビルの間に挟まった古いビルの中に、迷路のような小路が設けられ、そこに飲み屋や雑貨屋などが入居しているという、不思議な環境の中にその店は置かれていた。家賃は相当なものだろうとひと事ながら心配になったが、その店「ばんざい屋」は、ごく普通の値段の良心的な店だった。しかも素材は女将自ら築地で仕入れをしているなかなかの逸品ばかりで、料理も丁寧で手抜きがない。これで利益が出ているのだろうか、とたまに疑問に思うのだが、そんなことまで立ち入るのも失礼だと、未《いま》だにその部分については質問してみたことがなかった。

しかし、他の事柄では彼女について、多くのことを知っている。特にここ一年ほどは、彼女との距離が縮まったことが実感出来た。彼女はずっと、良い友達として自分を見ているのだということは自覚していたし、それ以上のことは出来るだけ望まないようにして来たのだが、最近の彼女の態度や言葉、眼差《まなざ》しには、友達よりあと一歩だけ親密な間柄になってもいいわ、という意思がはっきりと汲《く》み取れるように思う。

清水にとってそれは嬉しい展開だった。本当なら今すぐにでも、口説き落として男と女の関係になってしまいたいと思っているくらいなのだ。だが無闇にそれが出来ないことも、清水は知っている。

吉永の本名は谷山美鈴、だと、彼女は自分で打ち明けた。だがそれ以上のことは、あえて聞かなかった。もし彼女が話したいと切望していれば聞いたかもしれない。でも、そんなふうにも見えなかったのだ。ただ彼女は、自分に対して黙っていること、嘘をついていることが苦しくなって思わず漏らしたのだ、と清水は思っている。

吉永の人生の中で、フランスでの生活が必ずしも幸福な期間ではなかったのではないか、ということだけは想像が出来た。たまたま知り合いになり、殺人事件の容疑者になるところを助けた形になった塚田万里という女性が、彼女のフランス時代のことを知っているらしいのだが、塚田万里も詳しいことは話さないし、清水も聞いてみようとはしていない。余計なことをしなくてもいつかきっと、吉永の口から話してくれる時が来る。そしてその時こそが、自分のこの中年になって初めて感じた本物の恋が実る時、あるいは……終わる時なのだ、と清水は思っていた。どちらの時が来るにしても、焦《あせ》って急げば、きっと後悔するだろう。

ガランガラン、と、ドアに取り付けてあったカウベルが鳴った。スイスの牧場で長年使われていた本物のカウベルで、うっかり足の上にでも落としたら骨折するほど重量のあるものだったので、ドアベルにするのは躊躇《ためら》っていたのだが、つい最近知り合いの大工がかなり頑丈な細工でドアに取り付けてくれたのだ。大きさに似合いの重くて大きな音がするので、入って来た客がびっくりして後ろを振り返ることもある。

「あ、すみません。いちおうもう閉店してしまったんですが」

鍵をかけるのを忘れていたな、と思いながら清水は帳簿を閉じて立ち上がった。別に無理に客を追い出すつもりはない。何か目当てのものがあるのなら見て貰っても構わないのだが、ドアの外にかけてあるクローズドの札を見逃したのだろうか。

「何かお探しでしたら構いませんよ。ただもう箱に片付けてしまったものも多いので、どんなものを探しておられるか教えていただけたら出して来ますけど」

ここまで言えば、冷やかし客なら帰るだろうし、目当てのある客なら商売が出来る。

「あ、いえ」

見れば、客は老婦人だった。染めているのだろうか、ただ一本も黒い毛の混じらない完璧な白髪で、その銀色の美しい髪を優雅に結《ゆ》い上げ、見るからに高価そうな紬《つむぎ》の着物、指にはさほど大振りというわけではないが、とてもよく光るダイヤの指輪をはめている。石の素性がよほどいいのだろう。明らかに、店違いという客だった。この手の婦人は、青山通りに並ぶ本物の骨董品の店の上客になる方が似合っている。

客ではないな、と思った瞬間、清水は緊張した。理由はわからないが、その客が吉永の消息をたずねに来たのではないか、と思ったのだ。そしてその想像は当たっていた。

「大変失礼なのですが、少しお尋ねしたいことがございまして。お時間をいただけませんでしょうか」

清水は頷《うなず》いた。

「もしかしたら、吉永さんのことではないですか……ばんざい屋の女将さんの」

老婦人は戸惑ったように小さく頷いた。

「たぶん……いえ、わたくしもつい最近、耳にしたばかりですので、わたくしの探している方がその吉永さんだという確信はないのですが」

「今、店を閉めます。こんなところでは何ですから、この先の喫茶店に行きませんか。この時間なら客は少ないと思うのでゆっくり話が出来ますよ」

2

「わたくしは、糸川《いとかわ》と申します。糸川ナミでございます。家庭の主婦をいたしておりますので、名刺などを持ちませんのですが」

「清水です。僕も名刺は持っていないのでお気遣いなく」

糸川ナミは、紅茶の茶碗に手を触れようともせずに固くなって座っている。もともと行儀の良い女性なのだろうが、その緊張ぶりは度を越しているようにも感じられる。もしかしたら、吉永と自分の仲を深いものだと誤解しているのかもしれない。そしてこれから話そうとすることはたぶん、吉永と深い仲になっている男には話しづらいことなのだ。

だがあえて今ここで、彼女とは何もありません、ただの友達です、と強調するのも何だか変だな、と清水は思った。誤解ならば解けばいいのだが、相手が解いて欲しいと感じたタイミングに合わせた方がいいだろう。

「何からお話しすればいいのか……実は、わたくし、この十数年間、ある女性を探しておりました……谷山美鈴さんという名前の方です」

清水は動揺を隠してコーヒーを啜った。

「わたくしはその方がずっとヨーロッパにおいでだと思っており、あちらを探していたのです。でも見つかりませんでした。もうほとんど諦めていた時に、丁度《ちょうど》一年ほど前でしたでしょうか、知り合いのお嬢さんで谷山さんと面識のある方が、青山の喫茶店で谷山さんそっくりな女性を見かけたと教えてくださったのです。ただその時、そのお嬢さんは谷山さんに声を掛けたのだそうですが、人違いだと言われたということでした。実際、昔の谷山さんとはかなり感じが変わっていたので、他人のそら似なのだろうという話でした。わたくし自身、谷山さんが日本に戻っているなどとは想像もしていなかったので、その時はあまり気に留めていなかったのです。それが……塚田万里さんという女性はご存じでいらっしゃいますね？」

清水は頷いた。

「知ってます。偶然、乃木坂のバーで知り合ったのですが」

「先程話に出た知り合いのお嬢さんというのは、河村陽子《かわむらようこ》さんとおっしゃって塚田さんのご友人でもあるのです」

糸川ナミは、河村陽子、という名前に清水が反応すると思ったのか少し間を空けたが、清水の表情が変わらないのを見て小さく頷き、続けた。

「塚田さんがパリで働いていた当時、今から十数年も昔のことですけれど、陽子さんはソルボンヌに留学中で、日本人がよく顔を出すレストランで塚田さんと知り合ったのだそうです。陽子さんは卒業後日本に戻り、塚田さんとはその後も親交があったそうなんですが、つい二週間ほど前に、陽子さんのお誕生日のお祝いの集まりにも塚田さんがいらしたそうなんです。その席で陽子さんは何気なく、谷山美鈴さんにそっくりな女性を一年ほど前に見かけたけれど、人違いのようだった、という話をされたところ……塚田さんが妙な顔をして口ごもられたと」

ナミはもう一度清水の顔を見た。今度は清水も、自分が動揺しているのを隠すのは難しいだろうな、と思った。

「……陽子さんは勘の鋭い方なんです。塚田さんのご様子で、自分が見たのはやはり谷山美鈴さん本人で、塚田さんがその消息を知っているのではないかと思ったそうです。それで後日塚田さんに電話されて、その……問いつめたと言うか……陽子さんはわたくしがどれだけ谷山さんに逢いたがっているか知っていたので、それでわたくしの為を思ってそうされたんだと思います。結局、塚田さんは谷山さんに逢ったとも逢わないともおっしゃらなかったそうなんですが……ただ……このお店の名前を教えて、清水さんという方に訊《き》いたら何かわかるかもしれないと、それだけ言ってくださったそうなんです。吉永さんについて教えて欲しいと頼めば、何か教えて貰えるかもしれないと、そう……陽子さんは、本当は塚田さんが何もかも知っていると思ったそうですわ。でもたぶん、塚田さんは谷山さんと約束をされていて、自分の口からは言えなかったのだろうと。その話を陽子さんに聞いて、わたくし、こうしてここを訪ねてみたわけなのです」

糸川ナミは一気にそれだけ言うと、コップの水にほんの少しだけ口をつけて、微《かす》かに眉《まゆ》を寄せた。コーヒー自体はそうまずくはない喫茶店だったが、コップの水は水道水なのでカルキ臭い。糸川ナミの服装から察せられる暮らし向きからすれば、自宅では当然、浄水器を通した水を飲んでいることが想像出来る。

清水はゆっくりとコーヒーを啜ってから静かに言った。

「僕は確かに、吉永さんという女性と友人関係にあります。と言っても、彼女のことを何もかも知っているというわけではありません。彼女は僕の店の常連さんで、その縁で僕も、彼女の店、ばんざい屋という名前の小料理屋さんなんですが、そこにたまに顔を出します。雑貨やブロカントに関しての趣味が合うことから、たまには二人で骨董市やフリーマーケットを覗《のぞ》きに出ることもあります。でも、本当にそれだけの付き合いです……今のところは。しかし、僕個人は吉永さんのことを、大切な友人だと思っています。彼女が仮に……仮にその、谷山という人なのだとして、彼女が吉永と名乗って生活し、知人に会っても人違いだとごまかしてまで、谷山であることを隠そうとしているのだとしたら、そこには彼女なりの強い理由があるのだと思うんですよ。僕はその理由を詮索《せんさく》する気はないし、同時に、軽んじるつもりもないんです。彼女が隠したいことを暴《あば》きたいとは思わない。大変失礼な言い方になるのですが……ばんざい屋の住所だの電話番号だのでしたら、僕に訊かなくても調べれば判るんじゃないですか。あなたが吉永さんを谷山なんとかという女性なのかどうか確かめたいと思うなら、僕を通さずに直接そうされればいいんじゃないかな、と思うんですが」

「……迷っているのです」

しばらく俯《うつむ》いたままでいてから、糸川ナミが小さな声で言った。

「そうすればいいとわかってはいるのですが……その前に、谷山美鈴さんがどんな暮らしをしているのか……どんな様子なのか知りたくて。わたくしが谷山さんの前に現われることで、谷山さんの今の生活が壊れてしまうことになったらと考えると……」

「彼女は子供じゃない」

清水は、なぜか胸の中に苛立《いらだ》ちを覚えて言った。

「もし彼女がその谷山という女性なのだとして、外国から戻って東京にいれば昔の知人といつかは出逢ってしまうことぐらい覚悟の上のはずです。それでもあえて東京に住んでいるわけですから、あなたが不意に彼女の目の前に現われたとしても、それも運命として受け入れて対処するつもりでいるんじゃないのかな」

「おっしゃる通りですわね」

糸川ナミは、どこか淋《さび》しそうに微笑《ほほえ》んだ。

「谷山さんの生活の心配をしている振りなど、みっともないだけでした。ごめんなさい。正直に申し上げれば……わたくし自身が、谷山さんの前に出るのを恐れているんだと思います」

「それは」

「恐れている？　それはどういう意味でしょうか」

糸川ナミは、そこに紅茶が置かれていることに初めて気付いたような顔で紅茶茶碗を見つめ、一口すすってから続けた。

「それは……谷山さんに赦《ゆる》して貰えないかもしれないという恐れです」

「赦して……貰う」

「はい。あの清水さん……はっきり言っていただきたいのですが、わたくしが谷山美鈴さんとわたくしとの過去の関係をあなたにお話しすることは、ご迷惑でしょうか。つまりその……」

「もう聞いているか、という意味ですか？」

清水は苦笑いした。

「僕はこう見えても、無用な嘘をつく人間じゃありませんよ。吉永さんについては多くを知らない。いや、彼女の過去についてはほとんど何も知らないと言っていいと思う。そしてはっきり言えとおっしゃるので言いますが、そんなに知りたいとも思ってはいないんです。もちろん好奇心というものはあります。彼女に対しては……好意を抱いていると言ってもいい。だから知りたいという気持ちがあることは否定しません。ですが、知ってしまうことで彼女との今の友人関係が壊れてしまうのであるなら、絶対に知りたくはない。その可能性があることを知っているのにあなたが無理に話そうと言うのなら、迷惑だと申し上げるしかありません」

「わからないのです」

糸川は、頼りなげに何度も首を横に振った。

「……判断が出来ないのですよ……でも、話を聞いていただいて、それでわたくしが谷山さんに逢うべきなのか逢わないでいるべきなのか、清水さんに助言していただけたらと……厚かましいお願いだということは、わかっているのですが」

「糸川さん、僕にそんな助言が出来るとは思えませんよ。僕は人格者でもないし、人生相談を仕事にしているわけでもない。常識的な人間ですらないんです。ですが……僕に話してあなたの気が休まるなら、話して貰ってもいいですよ。ただし僕の判断で、それ以上聞いてしまえば吉永さんと僕との関係が壊れると感じたら、その場で席を立たせていただきますが」

清水は内心、かなり腹を立てていた。吉永の過去については、いつかその時が来れば吉永自身が話してくれるものだと思っていたのだ。そしてそれが、この恋の行方を占《うらな》う運命の象徴だとも感じていた。それなのに、まったく見ず知らずの人間が突然現われて、勝手にその過去を語ってしまおうとしている。

自分には関係のないことだ、と、この場を去ってしまった方がいいのだろう、きっと。実際清水は、腰を浮かしかけていた。だがどうしてもそれが出来なかったのは、目の前に座っている初老の女性が、目に涙を浮かべているのに気付いてしまったからだ。

清水は腹をくくった。何を聞かされても、吉永を信じる覚悟は出来ている。この三年近くの付き合いで、吉永という女性の心根はちゃんと摑んでいる自信はあった。どんな過去を持っていたにしても、彼女はその時その時を懸命に生きたのだ。どんな間違いをおかしていたにしても、その償《つぐな》いはして来ただろう。

「ともかく、お話しください。拝聴させていただきます」

清水はコーヒーのお代わりを頼むと、糸川の顔を見据えた。

「谷山美鈴さん……彼女は十四年ほど前に、パリでわたくしの兄と結婚いたしました」

最初から清水は驚愕した。糸川ナミはどう見ても、六十歳は超えている年齢だ。その兄ということは、吉永とはどんなに少なく見積もっても二十以上の歳の開きがある。

「兄……わたくしは嫁いでおりますので糸川姓を名乗っておりますが、兄の名は祭池晃一郎《さいちこういちろう》。画家でございました」

再び、清水は驚きで瞬《まばた》きした。祭池、という珍しい名字でしかも画家と言えば、あの、日本有数の洋画家、祭池晃一郎その人に間違いはないはずだ。絵画についてはまったく知識のない清水でもその名は知っていた。海外でも高い評価を得ている世界的な芸術家で、数年前に死去したはずだったが、死後ますます評価は高まり、彼の絵は大変な高額で取引されている。

「祭池画伯でしたら、お名前だけは」

「そうですか」

糸川ナミは優しく微笑んだ。

「兄は大変な変わり者でございました。二十歳《はたち》の時に実家を飛び出して単身パリに渡り、ヨーロッパを放浪しながら絵を描いていたような人間です。三十を超えて一度日本に戻り、発表した絵が次々とコンクールで特等を得て、一気に画家としての名声が高まったのですが、五、六年もするとまた日本を飛び出してどこかに行ってしまいました。芸術家だから仕方がないと周囲も家族も諦めてはおりましたが……四十歳の時にパリであちらの女性と最初の結婚をいたしました。子供も三人もうけて、三、四年ほどは落ち着いて生活をしていたのですが、生来の放浪癖の為かまた妻子を捨てて旅に出てしまい、残された義理の姉や甥《おい》っ子たちのために、わたくしの実家がいろいろしてやってようやく離婚を成立させ、兄が実家に残していた絵を売って慰謝料と養育費を出してあげてと、後始末はすべて実家の方でしたのです。それなのに性懲《しょうこ》りもなく、今度は四十六歳の時に日本に戻ってまた別の女性と同棲し、子供をこしらえて、それで三年ほどでほったらかしです」

ナミは、思い出したようにふふっと笑った。

「兄は本当にどうしようもない子供です。かかわった女性がお気の毒です。その時は籍は入っていなかったのですが、子供はきちんと認知させ、手切れ金だの養育費だのとまたもや実家で用意いたしました。でもその時には、実家の父がさすがに怒りまして、もう二度と女性の問題で後始末はしてやらないからと兄に申し渡したのです。そのすぐ後で父は亡くなりました。兄もしばらくはおとなしく日本にいて絵を描いていたのですが、今から十七年前、五十三歳の時に、またパリへと渡ってしまいました。わたくしはとっくに糸川に嫁いで平和に暮らしておりましたし、兄の絵の評価はもうゆるぎないものになり、経済的に兄が困窮する心配はありませんでしたから、実家は兄がパリでどんな暮らしをしていよ

う と気にしてはおりませんでした。ところが三、四年ほどして突然兄から実家の母に便りがございました。こちらで日本人の女性と結婚した、男の子がひとり生まれた、というものでした」

ナミは、あきれた、という表情をして見せた。

「母はもう当時、七十九歳になっており、パリまで出向くことはとても出来ません。仕方なくわたくしとわたくしの夫がパリに向かいました。いったい相手がどんな女性なのか、さっぱりわかりませんでしたし、あの兄のことですから、またもや無責任なことをしはしまいかと心配だったのです。はたして現地に着いてみますと……驚いたことに、相手の女性はまだ二十歳も前半の、学生さんだったのです。それが谷山美鈴さんでした」

清水は、コーヒーカップを持ったまま、冷静になろうと努力した。あの吉永が、世界的に有名な画家の妻であり、その男の子供まで産んだことがあるという事実、しかも自分の父親より年上の男が相手だったという事実には、さすがに激しく動揺していたのだ。

「あの時のことを思い出すと、今でも恥ずかしさと後悔とで、頭の中が白くなります」

糸川ナミがハンカチを取り出して目頭《めがしら》に押しあてた。

「ですが、兄が日本人の女性と結婚したと知った時にわたくしの頭の中にあったのは、せいぜい四十歳程度のご婦人の姿だったのです。それがいざ会ってみると、本当に若い……

わたくしの娘よりずっと若いお嬢さんだったでしょう？　あまりにも驚き、とても信じられず……まったく月並みと言うか俗悪な考え方だったのですが、兄の財力が目当ての結婚だと思い込んでしまったのです。兄はお金を貯《た》め込むような人ではありませんでしたから預金だの不動産だのは持っておりませんでしたが、兄の絵でしたら画商はいくらでも買い上げてくれましたし、兄はああした紙一重《ひとえ》の天才には珍しく、作品の数だけは多い方でしたから……考えてみればはしたない想像です。仮に動機が何であったとしても、兄と共に生活し、兄の子供を産んでくれた女性なのですから、そんなことをわたくしが気にする必要も権利も一切なかったのですよね。でも何と言えばいいのか」

ナミは、大きな溜息をひとつついた。

「わたくしは……兄のことが好きだったのです。変わり者で家族に迷惑ばかりかけている人でしたが、妹のわたくしのことはとても可愛がってくれ、兄の絵のモデルとしてもたくさん描いてくれました。才能に溢《あふ》れ、世界中が注目し、しかも自分には優しい兄のことが、わたくしには何よりの自慢だったのです。それが突然、自分の娘よりも若い女性を妻にしたと言われてしまって……わたくしは逆上してしまったのだと思います。たまたま同行していた夫も現実的にものを考える人でしたから、谷山さんが三十三、四歳も歳上の男と結婚した動機が純粋な愛だったはずはないと決めつけてしまいましたし」

「つまり、お二人でその谷山美鈴さんという人をなじられたわけですね」

清水は出来るだけ優しく言ったつもりだったのだが、自分の耳に聞こえて来た自分の声の冷たさに、少したじろいだ。だが糸川ナミを冷酷な女だと責めることはやはり出来ないのかもしれない。もし自分がナミの立場だったとしても、五十六歳の男が二十三、四かそこらの女の子と結婚するという現実を目の前にして、そこに打算はないのかと勘ぐらないでいられるとは思えない。

「……谷山さんはまだ、パリの演劇学校に籍のある学生さんでした。兄との入籍はまだ済ませておらず、ただ結婚披露パーティのようなものは、友人を集めて開いたと言っていました。男の子が生まれていて……雪弥と名付けられておりました……真冬の一月の生まれで、パリが一面の銀世界だった朝に誕生したのだそうです。わたくしたちがパリに駆けつけた時はまだ八カ月とちょっとで、ハイハイをしておりました。年末までには日本に帰ってきちんと入籍を済ませ、谷山さんのご実家にも挨拶《あいさつ》に行くのだと……兄にしては珍しく、真面目なことを言っていたのを憶えております……」

「それで」

清水は、それ以上ナミの昔話を聞いているのが辛《つら》くなって来てつい、先を促《うなが》した。どれだけナミがその時のことを詳しく描写してくれたとしても、それ自体は清水にとって何の意味も持たないことなのだ。ナミとその夫とは、歳の離れた結婚に反対し、谷山美鈴という若い女性を激しく非難した。そしてその結果、いったい何が起こったのか。今知りたいのは、そのことだ。

「それであなた方に結婚を反対されて、お兄さんたちはどうされたんですか」

「兄は……当然ですけれど、おまえたちに反対されるいわれはないと怒りました。それでもわたくしはすっかり冷静さを失っており……とても激しく兄と言い争い、谷山さんにも……とても失礼なことを言ってしまった気がいたします。わたくしと夫とはリッツに泊まっておりましたが、兄たちはムフタール街のアパートを借りており、最初の晩は遅くまで話し合っても埒《らち》があかず、深夜にわたくしと夫とはホテルに引き揚げたのです。ところが翌朝アパートに行ってみますと、兄がいませんでした」

「お兄さんが、いなかった？」

ナミは首に怪我《けが》でもしているかのように、ぎこちなく苦痛に満ちた表情で頷いた。

「兄にはそういうところがあったのです……もともと最初に兄が家を飛び出した時もそうでした。父と将来の進路のことで意見が合わずに喧嘩になり、翌日から姿を消してしまったのです。いつもそうでした……兄は、誰かとひどく争ったりするとそれだけで精神のバランスを崩してしまうのです。そして逃げ出します。それまでの兄の結婚の失敗も全部そうだったようです。奥さんと些細《ささい》なことで言い争いになり、その翌日には家族を捨ててどこかに行ってしまった……あの朝もそうでした。八カ月の雪弥とふたり、美鈴さんがひとりでコーヒーをいれていました。目を覚ましてみたらもう兄の姿はなかったと……」

何て無責任な、と言おうとしたが、清水はその言葉を呑み込んだ。世界的な天才画家の祭池晃一郎は、つまり、普通の社会人としては落ちこぼれだったのだ。そんな例は数えあげたら他にもいくらでもある。そうした「紙一重」の人に、ごく普通の常識や道徳を持ち出してみてもどうしようもないことなのかもしれない。要するに、かかわってしまった人間が不運だったということなのだろう……

だが、まだ二十代の若い身で収入のあてもなく、八カ月の乳児を抱えて異国にひとりぼっちにされてしまった谷山美鈴……吉永のその時の心情を思うと、清水は胸が苦しくなった。どれだけ心細かっただろう。情けなかっただろう。頼る者と言えば、自分を金目当ての女だと罵《ののし》った糸川夫妻以外にはいないその朝、彼女はいったいどんな気持ちでコーヒーをいれていたのだろう……

「兄はもう戻らない、とわたくしにはわかりました。兄はいつもそうやって逃げ出しては、ほとぼりが冷めた頃に日本に舞い戻っていたのですから。でもそのことを谷山さんに話しても、彼女には理解出来ないようでした。彼女は、そのまま兄の帰りを待つつもりだと言いました。わたくしは夫と相談し、当座の生活費を谷山さんに渡してともかく帰国しました。そして母や親戚と相談し、雪弥をわたくしの養子として日本に引き取ろうという結論を出したのです。兄が現われたら認知させて相続人にすることを前提に。ただ、谷山さんは未入籍でしたし、兄の妻と認めることだけは出来ないと……親戚一同も母も、その点では意見が一致しておりました。結論が出ると、わたくしの夫と顧問弁護士とが交渉の為にまたパリに参りました。その時はもうわたくしは同行はいたしませんでした。予想されていたことではあったのですが、谷山さんは雪弥を引き渡すことを頑として承知しなかったようです……今考えてみれば……当然のことだったのですが」

もちろん、当然だ。我が子を簡単に他人に渡してしまえる母親など、そうそういるわけがない。

だが、その時の谷山美鈴の置かれた状況はとても特殊なものだった。はっきり言えば、彼女には子供を育てることは出来なかったはずなのだ。演劇学校の学生だったということは当然、ただの留学ビザで入国していたのだろうから、子供を養えるほどの収入を得る仕事に就くことなど出来なかっただろう。たぶん祭池家の弁護士とやらは、そのへんのことをねちねちと責めて子供を引き渡すように彼女を脅したに違いない。優しく、そして巧みな言葉を駆使して。

「谷山さんは、日本のご実家に子供を産んだことを報告していなかったようでした。やはり正式に結婚もせず、しかも三十数歳も年上の男との間に子供を産んでしまったというのは、実家に報告しづらかったのでしょうね。ですが、兄が失踪してしまったとなれば、報告しないわけにも行きません。結局、彼女はわたくしの夫たちと共に雪弥を連れて一時帰国することになり、谷山さんのご実家も含めてあらためて今後のことを話し合おうということになったそうです。ところが……明日は帰国するという日に……」

糸川ナミが不意に両手で顔を覆《おお》ってすすり泣き始めた。清水は面食らったが、どうすることも出来ずにただ、ナミが泣き止むのを待っていた。

「どうしてあんなことになってしまったのか、今でもよくわからないのです。夫も後々まで、何が起こったのかわからないと言っていました。その晩、谷山さんの帰国の手伝いをすると言って顧問弁護士の宇和島《うわじま》はひとりで谷山さんのアパートに出掛け、夫は風邪気味で微熱があったのでホテルで先に寝てしまったらしいのです。警察から連絡があったのは真夜中の一時前だったそうです……宇和島が谷山さんに階段から突き落とされて、背骨を折って瀕死《ひんし》の重傷を負ったと……」

清水は、ぽかん、と自分が口を開けたままでいることに、数秒経ってから気付いた。ナミの話は途中まで、驚愕の連続ではあったとしても、吉永という女性の過去としては充分に理解出来るものだった。だが突然の暴行というのは、どうしても納得出来ない……受け入れられない！

「何かの間違いだ」

清水は思わず言った。

「事故だったんだ。そうでしょう？　事故だったんでしょう？」

ナミは、力無く首を横に振った。

「……言い争いになって自分が突き落としたと……美鈴さんが警察で認めたそうです。宇和島の証言とも一致していました……宇和島は命は取り留めましたが、脊髄《せきずい》を損傷してその後、亡くなるまで車椅子生活になりました」

清水は大きく息を吐いたが、その拍子に涙がこぼれ落ちるのを止めることが出来なかった。

「美鈴さんは逮捕され、有罪となり、数カ月でしたがフランスの刑務所に入りました。美鈴さんの希望で、雪弥はわたくしの家に養子として引き取ることになり、わたくしたちと同居していた娘夫婦が育てました。ですが……とうとう兄は認知出来なかったので、今でもわたくしの養子ということになっております」

「祭池画伯はどうされたんですか！　そんなことがあったのに、出て来なかったんですか！」

「……兄は何も知らずに放浪していたのだと思います。二年後、兄がバルセロナの病院にかつぎ込まれたと知らせを受けて駆けつけましたが、末期の胃癌《がん》で、顔を見た時にはもう口もきけない有り様になっていました。そしてわたくしが行って四日後にはあっけなく亡くなってしまいました。病院に入る前はバルセロナの下町でスペイン女性と同棲しながら絵を描いていたようですが、その同棲していた女性も兄といたのは半年ほどで、その前に兄がどこで何をしていたのかはとうとうわかりませんでした」

清水は思い出した。世界的洋画家の祭池晃一郎の死亡記事。確かに、スペインのどこかで女性と暮らしていたという記事を読んだ記憶がある。

「谷山さんが刑期を終えて出て来られた時に、身の振り方について相談して差し上げようと谷山さんのご実家にも申し入れてありました。何と言っても雪弥の実母ですから……とてもいやらしい言い方になるのですが、きちんとした生活だけはしていて欲しいと思ったのです。ですが谷山さんは、刑期を終えて出所されてから行方がわからなくなってしまいました。ご実家にも連絡がなかったのです。いったいどこに行ってしまったのか……ビザはもちろん切れていましたし、出所後は国外退去処分になることが決まっていましたから、フランスにそのままいられたはずはないのですが……ただ、どうやらフランスを出てイタリアに入国したらしいというところまでは、調べることが出来ました。その後の消息はわかりませんでした。その時に徹底して調べればわかったのかもしれませんが……正直に申し上げて、もうその頃には、谷山さんのことは忘れたいという気持ちの方が強かったのです。雪弥は日増しに成長し、可愛らしくなり、甥っ子というよりは本当の孫のようで……このまま永久に谷山さんが雪弥の前に現われないならば、それがいちばん良いように思えて……谷山さんの丹波《たんば》のご実家の方も、いろいろとご不幸が重なって散り散りになってしまわれたようで連絡も途絶えましたし……ただ心のどこかでは、いつかは雪弥に本当のことを言わなくてはならない、その為には谷山さんを探し出して、どんな境遇で生活しているのか確かめなくては、という気持ちも強くありました。元はと言えば、わたくしと夫とが考えもなしに兄と谷山さんをいきなりパリに訪ねて行き、兄と口論したことから始まった悲劇です。このままで済ませては、わたくしも、死ぬに死に切れないと……そんな時に谷山さんが日本に、しかも東京にいるらしいという噂《うわさ》を耳にしまして……」

「お話はわかりました」

清水は、かなり間をおいてから静かに言った。

「ですが……やはり僕に何かアドバイスだの何だのすることは出来ないと思います。余りにも……僕の想像を超えた話でしたから。ただひとつだけ言えることは、僕には吉永さん……たぶん、その谷山美鈴さんと同一人物だと思いますが、彼女は今、とてもおだやかで幸せに暮らしているように感じられるんです。彼女の心の中にどんな嵐が吹いているのか、それはわかりません。おそらく、誰にもわからないでしょう。でもともかく表から見ている限り、今の彼女は幸福そうです。そして出来たら僕は、そんな彼女のそばにこれからも……ずっといたいと思っています」

ナミが顔を上げた。清水はたじろがずにナミを見つめた。自分が吉永を愛しているのだということを、そして、吉永を守る為ならば何でもするつもりだということをナミに伝えたいと思った。言葉ではなく、自分の瞳の力だけで。

ナミはまたかなりの間、黙ったままでいた。二杯目のコーヒーもすっかり空になってしまい、仕方なく清水はコップの水を飲みながらナミの言葉を待った。やがてナミは、手にしていたゴブラン織りの小さな手提げバッグの口を開け、中から何か取り出した。

それは、何か小さくてキラキラとよく輝くものだった。だがナミの指にはまっている本物のダイヤモンドのように上品な光り方ではない。もっといろいろな色が混ざり合い、複雑でそして少し猥雑《わいざつ》な、何とも不思議な魅力のある輝きだ。清水にはそれが何なのか、すぐにわかった。それは、アンティークのガラス細工で出来たアクセサリーだった。たぶんブローチだ。アンティークのガラスで作られたアクセサリーは、日本の若い女性にもコレクターがいるほどで、アンティークとしては安価で手に入るせいかとても人気がある。清水の店でも、入荷するとほとんどあっという間にめぼしいものは売り切れてしまう。アンティークとは言っても、ガラスのアクセサリーが紛《まが》い物としてではなく、ファッションとして流行したのは一九〇〇年代に入ってからなので、本物のアンティークと古物雑貨の中間程度の値打ちのものが多い。

「これは、兄の遺品の中にあったものです」

ナミがテーブルの上に置いたブローチを、清水はそっと手に取った。ガラスのカットは超高級というほどでもないが、混ぜられた不純物の配分の加減なのか、透明なはずのガラスが七色に光っている。まるで虹をぎゅっと固めて結晶させたかのようだ。全体に雛菊《ひなぎく》を模した単純な形をしているが、花びらにあたるガラスを支える土台の部分は銀製で、すっかり酸化して黒ずんではいたが、細工は繊細でとても素晴らしい。

「兄は死の床で、ほんの数分間でしたが、ふっと意識を取り戻しました。その時にいろいろとわけのわからないことをわたくしに言ったのですが、唯一はっきりと意味が汲み取れたのが、このブローチを美鈴に渡してくれ、というものだったのです。兄は言いました。これは美鈴のものだから、美鈴に返してくれ、と。ブローチは兄がとても大切にしていた絵筆の箱の中に、新聞紙にくるまれて入っていました」

清水は、ブローチをそっとテーブルに戻した。ナミが何を言いたいのかは想像がついたが、それを自分が引き受けるべきだとは思えなかった。だが、ナミは断わられるのを察知したように、いきなり額《ひたい》をテーブルにこすりつけた。

「清水さん、お願いいたします！　ただ渡していただくだけでけっこうです。これを美鈴さんに、どうか……そして、そしてもし美鈴さんがブローチを受け取る気があるのでしたら、これを十年間預かっていた者が、ぜひ、一度だけでもお会いしたいと思っていると伝えていただきたいのです。それだけでたぶん、美鈴さんにはわかると思います。美鈴さんがこのブローチをあなたに返してよこしたのでしたら、わたくしももう諦めます。美鈴さんの方から雪弥に逢いにいらしてくださるまでは、二度とわたくしから美鈴さんに接触するようなことはいたしません。お約束いたします」

清水はその、虹色のブローチを手に取った。ぼんやりと、どうして自分はそんな役割を引き受けなければならないのだろう、と思っている。だが同時に、そのブローチをここで手渡されることは、最初から決まっていたことのようにも思えていた。

いずれにしても、自分は、美鈴を守らなくてはならない。守りたい。

「わかりました」

清水は囁《ささや》くように言って、掌の中に、不思議な光を放っている虹の結晶を包み込んだ。

3

「綺麗なものですね」

塚田万里は、清水の掌の上のブローチをそっととり上げた。

「本当に綺麗。ガラスだなんて思えないくらい」

「不純物の割合が絶妙なんでしょうね。虹色に光って見えるアンティーク・ガラスというのは、僕も初めて見ました。意図的に作り出そうとしてもなかなか出ない色だと思いますよ」

「高価なものなんですか?」

「うーん、そうですね……僕はこうしたアンティーク・ガラスの専門家というわけではないが、銀細工も見事だし、僕の店で売るとしたら、売値は十万程度は付けてみると思います。まあ実際のところは、五万なら安い買い物、お好きなら七、八万は出してもいいだろうな、というところかな。ベネチアングラスのように高度な技術を必要とする工芸品とまでは行きませんから、そんなもんでしょう」

万里はブローチを胸元に一度留めてみて、それから清水に返した。

「美鈴さんが蚤の市ででも買ったものなのかしら」

清水は答えなかった。祭池画伯がもうこの世にいない以上、そのブローチがどんな素性のもので、どうした経緯で祭池画伯が死ぬまで絵筆の箱の中にしのばせておくことになったのか、説明出来るのは吉永……谷山美鈴だけなのだ。そしてその説明を、清水は無理に聞きたいとは思っていない。清水はただ、祭池画伯の妹から託されたそのブローチを彼女に手渡し、頼まれた伝言を伝える。それだけしてしまった後のことは、今は何も考えたくなかった。

清水は激しく後悔していたのだ。その虹色のブローチを預かってしまったのはやはり、間違いだった。自分はばんざい屋の女将である吉永という女性を愛している。彼女の過去については自分からは何も訊《き》くまいと心に誓ったのだ。それなのに、ブローチを彼女に手渡すようなことをしてしまえば、彼女は選ばなくてはならなくなる。自分に対して総《すべ》てを話すか、それとも、話さずに黙り通すか。そして黙り通すことを選んでしまえばそれは、ふたりの関係がそれより先にはけっして進まないことを決定付けるのであり、また話すことを選んでしまえば、前か後ろかどちらかに、無理に足を進めることになるのだ。いずれにしても、自分のすることは、小さな脅迫だ。

「清水さん」

万里の声で清水は我に返った。万里は心配そうな顔をしている。

「わたし、思うんですけど……もし清水さんが気が進まないなら……それを彼女に渡す役目はわたしが引き受けても」

「塚田さん」

「元はと言えば、わたしがあなたのお名前を出したりしたからいけないんです。河村さんに何を訊かれても、知らぬ存ぜぬで通してしまえば良かった……ごめんなさい」

「いや、いいんです。引き受けたのは僕ですから、僕の責任で頼まれたことだけはしたいと思います」

「わたしね、本当は糸川さんにも、祭池の人たちにもとても腹を立てていたんですよ。パリ時代、さほど親しいというほどではなかったにしても、わたし、彼女のことが好きでしたから」

万里は懐かしそうな表情になって目を細めた。清水は、万里の話を聞いてみたいと思った。ばんざい屋の女将の過去が知りたいという意味ではなく、自分が今愛している女性の若い頃の面影を垣間見たい、そう思ったのだ。

「塚田さん、コーヒーどうですか。僕、コーヒーだけは少し自信があるんですよ」

「あらでも、お店のお邪魔じゃ……」

「いえ、ご覧のようにね、今日は閑古鳥《かんこどり》が鳴いてますから。平日の昼間はひとりのお客も来ないという日が、月に一度くらいはあるものなんです。たまたま寄って下さって良かった」

「すみません、お約束もしていなかったのに……ただ、糸川さんのことが気になって。きっとすぐにあなたのところに行ったのだろうと思ったものですから」

「僕の名前を出していただけたことは、光栄でした」

清水は店の奥の小さな流しでコーヒーの支度をしながら言った。

「塚田さんは僕を信頼出来ると踏んでくれたから僕の名前を出した。そして僕が、彼女の……谷山さんの味方だと信じてくれたから。そう解釈させて貰《もら》っても、僕の自惚《うぬぼ》れというわけではありませんよね？」

「もちろんです」

万里の声は優しかった。

「もちろんですわ……わたし……いえ、わたしの勘違いではないと思います。彼女は……美鈴さんは清水さん、あなたのことを好きなんです、きっと」

他人の口からそう言われて、清水は嬉しかった。年甲斐《がい》もなく頬がほてって、自分が赤くなっているのではないかと心配になったほどに。

湯が沸いて、清水はコーヒーをいれることにしばし専念した。だがその間中、口笛でも吹きたいような気分だった。そう、たぶん、自惚れでも勘違いでもないだろう。きっと彼女は、自分のことを好《す》いていてくれる。

コーヒーの用意が出来た。来客用のマイセンのカップをふたつ並べて注ぐ。年代物のマイセンの中では低価格の方だったが、それでもそのカップを出す時は少し緊張する。ひとつ割ってしまうと、一カ月の店の利益がなくなるのだ。遠い昔、ヨーロッパの貴族の館で使われていただろうカップだった。本来ならばセットで取引されるものなのだが、どうした歴史を経たのか、二つだけしか残っていなかった。なじみの取引業者から押しつけられ、自分の店では高価過ぎて売れそうもないと断わったのに結局置いて行かれてしまった。一年も飾っておかれたがやはり売れなかった。そして、ある日、清水はふと気付いたのだ。そのカップはとても、とても美しかった。一生に一度くらいは、ただ飲み物を飲むだけの為に、贅沢《ぜいたく》というのをしてみるのも楽しいかも知れない。その日はどうした巡り合わせか、清水の誕生日だったのだ。清水は店のガラスケースから二つのカップを取り出し、自分への誕生日プレゼントにした。そして、コーヒーをいれ、そのカップに注いだ。おそらくは一八〇〇年代のいつかに、そのカップは生まれたのだ。そして今でも生き続けている。

いつもそのカップでコーヒーを飲むたびに清水は思う。物はしばしば、時を超える。それは素敵なことだ。

「本当においしい」

万里がお世辞ではなく感動した声で言った。

「それにカップが素晴らしいわ……これ、アンティークのマイセンですよね」

「さすがに塚田さんにはわかりますね。たぶん一八〇〇年代の後半につくられたものだと思います。本来はご覧のように、紅茶の為のカップですね。しかしなぜかとても小振りなので、コーヒーでも違和感はないでしょう？」

「紙のように薄いのに、存在感があるわ……取っ手もこんなに華奢《きゃしゃ》なのに、指にかけるとしっくりと馴染んで安定感があるのね」

「まるでコンピュータで計算して設計されているように、フォルムが完璧なんですよ。だから手にした時に安定感もあるし、飲み物をいれても重さを感じない。まさに職人の最高峰の技法ですね。セットで揃《そろ》っていたらさぞかし素晴らしい逸品だったでしょう。しかし僕の元にやって来た時には、すでに二つしかなかったんです」

「どこかの国の貴族の持ち物だったのかしら」

「恐らく。しかし売らなければならなくなった……物語がありますね。想像すると小説が書けそうなほどです」

「古い物に惹《ひ》かれる気持ちって、きっとそういうことなんでしょうね。古い物を手にして、そこから想像する物語に酔うんです……美鈴さんは昔からこうした古い物が好きでした。アンティークやブロカントの面白さをわたしに教えてくれたのは美鈴さんなんです」

「蚤の市ですか」

万里は頷《うなず》いた。

「美鈴さんに誘って貰って出掛けたのが初めてでした」

「話して貰いたいんだけど」

清水はゆっくりと言った。

「いや……聞きたいんです。教えて貰えますか。あなたが彼女と初めて出逢った頃のことを」

「いいわ」

万里はコーヒーを啜った。

「でも昔のことだから記憶が曖昧《あいまい》な部分もありますよ。何から話そうかしら……そうね、最初にどこで出逢ったかね。モンマルトルのカフェだったわ、確か。わたしはパリに赴任してまだ三カ月くらいしか経っていなかった。新卒で婦人服のメーカーに就職して、半年後にパリのアンテナショップに派遣されたんです。大学でフランス語をやっていたのでね。海外に初めて赴任した誰でもがそうなんでしょうけれど、わたしもとても興奮しながら毎日を送っていました。仕事も忙しかったし、街の中で見るもの聞くもの総てが珍しくて、刺激的で。でも人間って、興奮してばかりいるとくたびれてしまうものよね。企業の海外駐在員でも留学生でもみんないっしょ。三カ月もして来ると次第に心が疲れてしまう。わたしもそうでした……仕事は面白かったし街は相変わらず珍しくて楽しかったけれど、何となく朝目が覚めた時にすっきりしない気分になり始めたの。そして食欲が落ちてしまった。あの頃のわたしはお肉もワインも大好きで、パリでの食事に不満を感じたことはなかったのね。朝はショコラにカスクート、お昼にはパリジェンヌがそうするのを真似《まね》してカフェでオムレツを食べたし、夜はお肉を煮たシチューみたいなものとワイン、それにチーズ。毎日それの繰り返しよ」

「健康に悪そうだ」

清水が言うと万里は笑った。

「本当に。日本人には辛いわよね。でもわたし、若かったし、外国で暮らしているという状況に酔っていたから、わざと毎日そんな食事をしていたような気がする。でも三カ月が限界でした。段々何を食べてもおいしいと思わなくなって……そんなある日だった。日曜日で、わたしはモンマルトルを見物して、あの有名な似顔絵広場で似顔絵も描いて貰って、歩き疲れてカフェに入ってオランジーナを飲んでいたの。その時、彼女に気付いたんです。彼女はわたしの目の前を歩いていました……片手に雑誌を持って、もう片方の手に、おにぎりを」

「おにぎり？」

清水は思わずカップから口を離した。万里が思い出し笑いでもするように、にこにこしながら頷いた。

「今でもはっきり憶えています。黒い海苔《のり》がちゃんと巻いてあるおにぎりでした。それをアルミホイルで包んで、半分だけホイルをむいて食べながら歩いていたの。お行儀悪いって思わないで下さいね、モンマルトルでは若い人が何か食べながら歩いている光景はよく見かけるんです。それに彼女の仕草はとても自然で、少しも見苦しくなかった。むしろ、颯爽《さっそう》としていて素敵でした。彼女はいかにも若い芸術家らしいスタイルでした。古いジーンズに、かなり着込んだ白いシャツ。どちらも蚤の市で買った古着だったのでしょうね。肩から下げた大きな袋も布で出来ていて……思い出そうとすれば次々と思い出すことが出来るものね。もう十七、八年も昔のことなのに」

清水は空になっていた万里のカップに、もう少しコーヒーを注いだ。だが万里は遠い昔の日曜日にすっかり心を遊ばせていて、コーヒーが注ぎ足されたことに気付くのに数秒かかった。

「あら、どうもありがとう」

万里はまた嬉しそうにコーヒーを啜った。

「でもあの時、わたしはたぶん、彼女にではなくて彼女が食べていたおにぎりに目を奪われていたんだと思います。自分ではそうとは自覚していなかったけれどパリ風の食生活にからだがすっかり飽き飽きして、日本の食べ物を恋しがっていたんでしょうね。もちろん一九八三年当時だってパリには日本食のお店はたくさんありましたし、日本の食材が買えるお店だってありましたのよ。でもわたしは、せっかくパリに住んでいるんだからって気張ってしまって、そうしたお店に行こうとしなかったのね。でもからだは正直です。わたしは彼女が手にしていたおにぎりを見て、思わず涎《よだれ》を垂《た》らしそうになってしまったの」

清水はその時の光景を頭に思い描いて、思わず声をたてて笑った。万里も笑い続けている。

「わたしはよほど物欲しそうな顔をしていたのでしょうね、美鈴さんの方からわたしに気付いて会釈《えしゃく》してくれたんです。その会釈がとても自然で感じが良かったのでわたし、思わず声を掛けていました。日本の方ですか、よろしかったらコーヒーでもご一緒にどうですか、って。彼女は嬉しそうに微笑みましたけど、ほら、手におにぎりを持っていたでしょう？　どうしたらいいかちょっと迷って、それから、あっという間に口に押し込んでしまったんです、残りを全部。わたしそれを見ていて、あ、この人はとても若いんだな、と思いました。実際美鈴さんはその当時、二十歳になったばかりでした」

清水は想像の中で、彼女を若返らせた。二十歳の彼女。それは眩《まぶ》しいほどに美しく、溌《はつ》剌《らつ》とした女性だったろう。

「それから彼女はわたしの座っていたテーブルに座ってくれて、綺麗なフランス語でコーヒーを注文しました……わたしたち自己紹介をして……彼女は高校を出てすぐに大阪の劇団に入ったけれど、パントマイムの魅力に取り付かれてどうしても勉強したくなって単身パリにやって来たのだと話してくれました。フランス語は一年間、大阪で勉強しただけだと言ってましたけれど、発音はとても綺麗だった。もともと耳がいいのでしょうね。パリ暮らしはまだ半年と少しだと」

「彼女は仕送りを受けていたのですか」

「いいえ、そうではなかったんです。その話が出たのはその時ではなくて、それから何度か彼女とお休みの日に連れだって出掛けるようになってからでしたけれど……彼女は丹波地方の林業農家の生まれでした。彼女のお母様がご病気で亡くなられて、彼女が中学一年の時にお父様が再婚されたそうなんです。そして弟さんがお生まれになった。ところが彼女が高校三年の時にお父様も亡くなられて、相続の問題が起きたそうです。結局財産の大部分だった山や土地は義理のお母様と弟さんの手に渡ることになり、その代わりに彼女には、いくらかのまとまった現金が渡されたのだとか。高校を出たら家を出て自活することがそのお金を受け取る条件だったのですって。何だか話だけ聞くとずいぶん理不尽のようですけれど、でもそれしか円満に収める方法はなかったのでしょうね、きっと。義理のお母様にしてみたら、自分の息子に山も土地も総てを与えたいと考えたでしょうし」

「美鈴さんは、そのお金で大阪に出られたわけですね」

「昼間は繊維問屋に勤めて、夜は劇団に所属して女優を目指していたそうです。でもパントマイムを学びにパリに行くと決めてからは劇団をやめて代わりにフランス語を習ったのですって。わたし、彼女と話をしているといつも、そのパワーというか迫力に圧倒され、自分が何て甘ったれの世間知らずなんだろうと思いました。彼女はまだ二十歳だったのに、三つも年上のわたしよりずっとしっかりしていて、人生に対してのビジョンを明確に持っていたんです。彼女の夢は、パントマイムでパリの劇場に立つことでした。まとまったお金を貰ったとは言ってもけっして莫大なというほどではなく、彼女の生活はとてもつましいものだったんですよ。週の内四日はオペラ座の近くの日本料理店でアルバイトをしていました。最初に彼女に出逢った時に彼女が食べていたおにぎりは、その店で作って貰ったものだったんです」

万里は、また目を細めて昔を懐《なつ》かしんだ。

「わたしたち、とても良いお友達でした。お互い忙しい身でしたし、お金もあまりありませんでしたから、毎日遊び歩いていたわけではありませんけれど、月に何度かは一緒に映画を観たり買い物に出掛けたり、蚤の市を冷やかしたり。ベルサイユやシャルトルに日帰りで出掛けたこともありました。美鈴さんがアルバイトしていた日本料理のお店は、パリ在住の日本人に人気のあったお店で、そこの常連さん同士で小さな日本人社会のようなものが出来ていたんです。その中に、ソルボンヌに留学していたお嬢さんとか、絵の勉強に来ていた方とかもいて、年齢が近い者同士で何となく仲良くなり、四、五人のグループで遊びに出掛けたりもするようになりました。そしてある日、そのグループの中にいた、絵描きさんのたまごだった男性から、祭池画伯を紹介されました。祭池晃一郎。わたしのように絵画についてはまったくの素人でも、その名は知っていました。ですから、紹介された時にはあがってしまってどんな挨拶《あいさつ》を交《か》わしたのかも思い出せないほどです。画伯は何と表現したらいいのかしら……本当に独特の雰囲気のある方でした。豊かな髪を美しい銀色に染め、肌は褐色に日焼けしているのですけど、どこかその、東洋人っぽくないというか。赤味を帯びているのね。だから西洋人のように見えるんです。背も高くがっちりとしていて、それでいて粗野なところはなくて。そして何より、とても若く見えました。わたしは祭池晃一郎の本当の年齢を知りませんでしたから、四十代の前半ぐらいかしら、と思ったほどです。饒舌《じょうぜつ》な方ではありませんでしたけれど、良く響くバリトンの音楽的な声を持つ人でした。その時以来、そのお店で何度か画伯にお会いするようになりました。そしてある日、気付いたんです……画伯は、美鈴さんに恋していらっしゃる、と」

清水は空《から》のコーヒーカップを持って椅子を立った。万里の手から同じように空になったカップを受け取って小さな流しに戻す。

それは、恋だったのだ。間違いなく、恋だった。美鈴……彼女の側が祭池晃一郎の気持ちをどう受け止めたのかなど、万里の口から聞くまでもなかった。恋とはそうしたものだ。突然に始まる。相手が誰であるのか知らない内に。たぶん、その時の彼女は、祭池晃一郎の本当の年齢もその財力も、何ひとつ知らなかったのだろう。知る必要はなかったのだ。

「清水さん」

万里は座ったままでカップをそっと洗っている清水に言った。

「二人は愛し合っていたんです。それだけは本当のことだったと、わたしは信じています」

清水は答えなかった。清水も信じていた。だが嫉妬《しっと》は感じていた。今はもう鬼籍に入った祭池晃一郎が妬《ねた》ましかった。二十歳の美鈴と愛し合った男が、妬ましかった。

「わたしが今でも信じられない思いでいるのは、美鈴さんが……あんな事件を起こしてしまったことなんです。美鈴さんはどんなに興奮していてもけっして暴力をふるうような女性ではありませんでしたし、第一、とても細くて、そんな力はなかったと思うんです。あれは事故だったはずです。本当に、ただのはずみだったと。それなのにどうして美鈴さんは、自分が祭池家の弁護士を故意に階段から突き落としたなどと供述したのか……たとえ弁護士の側が悪意を持って嘘をついたのだとしても、美鈴さんが否定してさえいれば、パリの警察はまともな判断をくだしたと思います。一目見れば彼女がそんな暴力をふるうような女性かどうかは判りました」

「しかし実際には彼女は逮捕され、そして有罪となったのですよね」

「ええ」

万里は、一度深く溜息をついた。

「……本当に驚きました。事件が起きた時にはぜったいに事故だと信じて疑っていませんでしたし、裁判では当然無罪になるものと考えていました。彼女の側に落ち度があったとすら思ってはいなかったんです。弁護士さんの方が勝手に足でも滑らせて階段から落ちたのだろうと思いましたから。たまたま、美鈴さんの裁判の判決が出ない内にわたしは日本の本社に呼び戻されてしまったんです。それで、判決の内容を知ったのはずっと後になってからでした。日本に戻ってからももちろん、美鈴さんのことが気にはなっていたのですが、パリのアパートに手紙を出しても返事はありませんでしたし……そうこうする内に、当時のパリ仲間で帰国している人たちから少しずつ噂が耳に入って。有罪になって刑務所に入ったなどとは、とても信じられませんでした。でもそれ以来、彼女の行方はとうとうわからなくなってしまって」

「フランスの司法制度には執行猶予というものはないんでしょうか。その話だけからしたら、たとえ有罪になっても執行猶予が付くのが普通だと思うんだが」

「詳しいことはわたしにもわかりません。ただ……たとえばただ突き落としたというのではなくて、殺意があったと認定された場合には……いいえ！」

万里は激しく頭を振った。

「やっぱり、考えられないわ！　美鈴さんが誰かを殺したいと考えるというだけでも、想像がつかない。何か……何かあったはずなんです……何か、事情が……」

万里は顔を上げ、清水の顔を見据えた。

「清水さん、そのブローチを美鈴さんにお渡しになる役目、お引き受けになったんですよね」

清水は頷いた。

「それならわたしからもお願いがあります。わたし……わたし、知りたいんです。美鈴さんがどうして、やってもいない殺人未遂を認めて刑に服すような真似をしたのか。いいえ、わかっています。そんなことは余計なおせっかいです。美鈴さんがそう決めて選んだことならば、わたしがとやかく言うことは出来ない、それは充分、わかっているんです！でもそれでも……もし、もしも美鈴さんが、誰かに脅迫されたとか罠《わな》にはめられたとか、何かそうした事情であんなことになったのだとしたら……彼女をそんな目に遭わせて、雪弥くんを彼女から取り上げた人をゆるしておけない、そう思うんです。乃木坂で美鈴さんと再会してから、わたし、ずっとそのことを考えていました。でも美鈴さんは今、ばんざい屋の女将さんとして平和に暮らしています。美鈴さんが幸せなのは、あのおだやかな笑顔を見ていればわかります。それに、あなたもいる。あなたが美鈴さんのそばについているのであれば、わたしの出る幕などはありません。ですからわたしは、このままそっとしておくつもりでいました。自分から祭池の人や糸川さんに美鈴さんの存在を告げ口する気もありませんでした。誰かに聞かれたら嘘は言えないと、それだけは美鈴さんに伝えましたけれど、それだけです。それでいいのだと思います。余計なことを考えるのは間違っていると……でも……」

万里は両手で顔を覆《おお》って啜り泣き始めた。

清水は黙っていた。黙ったまま、掌で輝く虹色のブローチを見つめていた。

「僕に出来ることはやはり、これを手渡すことだけだと思うんです」

万里の啜り泣きが収まりかけた時、清水はそっと言った。

「他のことは僕の仕事ではないし、僕がそれ以上のことをする権利はないと思います。あなたが望むように、彼女が殺人未遂という重い罪を被《かぶ》ってまで姿を消してしまった本当の理由を探り出したり、それが誰かのせいだったとして、その誰かをなじりに行ったりすることは、僕には出来ない……あなたにも、あなた自身わかっているように、出来ないことなんです。ただね、塚田さん」

清水は、掌のブローチを店のあかりにかざした。

「ほら、気付きませんか？　このブローチには、この世の中のすべての色が含まれている」

「……この世の中の、すべての……色？」

「オール・ザ・カラーズ・オブ・ザ・レインボー。あらゆる色、という意味の熟語……じゃなかったかな？　英語は不得手なんで間違っているかも知れませんが。このブローチのガラス、実は透明なんですよ。よくよく見れば、色なんて付いていない」

「ほんとですか？」

「ええ。こんなにいろいろな色に見える理由は、中の不純物とこの表面のカットのせいで、ガラスにプリズム効果が現われているからでしょう。計算して作られたのかそれとも、偶然にこんなガラスが出来上がってしまったのかはわかりませんが、これを手に入れたブローチ職人さんはきっと、とても幸せな気持ちになったでしょうね。この世の中の総ての色を持った宝石。そう、ただのガラスでも、この職人さんにとってはダイヤモンドより貴重な宝石に見えたかも知れない。僕は、そんな幸運に恵まれた職人さんを羨《うらや》ましいなあと思います。この台座の銀細工の素晴らしさは、職人さんの熱意と興奮のあらわれです。僕がひとつだけ興味をおぼえていることは、なぜ祭池画伯が、死ぬまでこのブローチを自分の絵筆の箱の中に入れていたのか、ということなんです。絵筆の箱。画家の命です。そしてその箱の中にはたぶん、様々な色の絵の具が入っていたでしょう。画伯は胃癌で死ぬ直前までバルセロナで絵を描いていた。描き続けていたんです。そして、自分が死ぬと知った時、もう二度と絵筆が握れないと覚悟した時になってやっと、このブローチを美鈴さんに返そうと考えた。もちろん、無理にとは思わないが、僕はその理由を知りたい気がする」

清水はブローチをポケットにしまうと、明るい声で訊いた。

「ところで塚田さん、彼女の誕生日がいつかご存じじゃありませんか。何となく夏の頃だというのは聞いた憶えがあるんだけど」

「誕生日ですか……えっと……そうね、夏でしたね。パリ時代に一度か二度、プレゼントをあげた記憶があるわ。何をあげたのだったかしら……ああ、そうそう。一度は乾燥した薔薇《ばら》の花びらがたくさん詰まった小さな瓶でした。南フランスのどこかの地方で、薔薇の香水を作るためだけに栽培されるとても香りのいい白薔薇なの。あれをあげたのは……少なくとも、七月だったのは間違いないのだけれど」

「やっぱり」

清水は頷いた。

「七月でしたよね、確か。そう聞いた憶えがあります。それならいいや、初めの計画通りに行きます」

「……初めの、計画？」

清水はいたずらっぽく笑った。

「糸川さんがここに見えなくても、僕には別の計画があったんですよ。それは僕の人生にとって大切な計画だったんです。この虹のブローチは、脇役に回って貰います」

4

定休日だった。その日一日中、清水は店の中をかき回して過ごした。確かに、この店を開店した直後にそれを「仕入れ」たはずなのだ。だがどこに埋もれてしまったのか。売り物になるようなものではなかったので、何度も店の品物を動かしているうちにどこかに押し込んでそれっきりだったのだ。だが清水は、今年の女将の誕生日にはそれを贈ろうと決心していた。それ以外に、自分の真心を彼女に伝える方法はないと。

「あった！」

午後も遅くなって、清水はようやくそれを掘り出した。埃《ほこり》だらけの紙の箱に入れられて、棚のいちばん奥に置かれていた。

清水はそれを丁寧に布で拭き、不器用な手つきで包装してリボンをかけた。それから、ばんざい屋の閉店時間近くまでじっと考え事をして過ごした。

＊

「あら」

女将がいつもと同じ涼しげな微笑みを見せた。

「この頃はいつも閉店間際ね」

「その方が、さしつさされつゆっくり出来るでしょう。それとも今日は疲れた？　もし疲れていて早く帰りたいなら、明日にするけど」

「そういう意地悪、言わないでちょうだい」

女将はそれでも手にしていた暖簾《のれん》はしまって、清水を店の中に招き入れた。

「今日はいいものが出ていたので、とびきり上等のハモを入れたのよ。でも東京のお客さんはやっぱり、ハモにはそれほど魅力は感じないみたいね」

「残っちゃったの？　もったいないね」

「残しておいたの」

女将はいたずらっぽく笑った。

「何となく、予感がしたのよ。あなたのお店、定休日だし」

女将は清水の為にビールの栓を抜いた。

「梅肉で？」

「お願いします。後ね、生のじゅんさい、まだあるのかな」

「ごめんなさい、じゅんさいはもうおしまいなの」

「もう梅雨も明けたものね」

「そうね……真夏は食べ物が淋しいから、お店はちょっと困っちゃう。夏野菜はおいしいけれど、お魚がね。岩牡蠣《がき》なんかは仕入れが高くて、うちで出すには勇気が必要だし」

「野菜でいいよ。トマトとかきゅうりでさ。女将の腕なら、それで立派な一品になるでしょう」

「どうしたの、清水さん。今夜はお世辞がするする出るのね」

清水はビールをコップ半分一気に飲んだ。

「昔からなんだ」

「何が？」

「本当に肝心なこと、大切なことを口に出そうとすると、関係ないことばかりがすらすら出て来てお喋りになる」

「あら。それじゃ今夜は、何か重大な発言を控《ひか》えていらっしゃるわけね」

「うん。あのさ、吉永さん。以前に誕生日、確か七月だって聞いたよね」

「話したとしたら、そうね」

女将はなぜか少し真剣な顔つきになった。

「話したかどうか憶えていないけれど」

「何日なのかはともかくとして」

清水は手にしていた箱をカウンターの上に置いた。

「お誕生日、おめでとう」

女将は驚いた顔をしたが、すぐに微笑むと箱を手に取った。

「清水さんって、勘がいいのね、ほんとに。わたしの誕生日って……明日なのよ」

女将は箱にかけられた菫《すみれ》色のリボンをほどいた。そして、それを取り出した。

「オルゴール！」

女将の声は偽り無く嬉しそうで、清水はほっとした。

「わたし、大好きなの！」

木製の古いオルゴールだった。何の変哲もない四角い形で、蓋の表面に木彫りで女性の顔が描かれている。黒檀《こくたん》のような風合いを出す為に彩色してあるが、もちろんそんなに高価な材料で作られたものではない。

女将はそっと蓋を開けた。

「……この曲……オズの魔法使いの？」

「サムウエイ・オーバー・ザ・レインボー。あの映画、観た？」

「ジュディ・ガーランドの？　テレビで観たような記憶はあるわ。この歌、彼女が最初の方で歌うのよね。素晴らしく上手だった」

「あの時で十四とか十五とか、そのくらいだよね。天才だったね」

「素敵な曲だわ」

女将は箱の裏のねじをもう一度いっぱいまで回した。

「これ、お店の品物なのね」

「うん。ちょっといわくつきの物でさ」

「いわくつき？」

「あの店を開店した直後の五月だったんだ。店にね、小学四、五年生の男の子がひとり入って来た。近くのマンションの子だった。このオルゴールを持っていて、これを買い取ってくれないかと言い出した」

「買い取るって……売りたいということ？　お金が必要だったの？」

「正確に言えば、ちょっと違うんだ。その子は店に並べてあった、ある品物が欲しかったんだね。でも買うお金がなかった。それで、古いオルゴールを売ってそのお金で、代わりにその品物を買えたらと思ったらしい。彼にはアンティークやブロカントの知識はなかったから、ただ古そうなものなら高く売れると考えたみたいなんだ」

「で、結局買い取ってあげたわけね。代わりにその子は何を買って行ったの？」

「イヤリングさ。アンティークのイヤリングで、半貴石がはまっていた。紫水晶だったかな」

女将は手にしたオルゴールをじっと見つめ、それから裏を返して箱の底を見た。

「だって……これ……」

「うん。それは量産品で、アンティークでもない。せいぜい作られてから十年ってところかな？　うちの店で売るとしたら、三千円でも高いかも。彼が代わりに手に入れた物は、その時の定価で十五万円付けてあった。仕入れが十万くらいだったっけ」

「清水さん」

女将は少しだけ、険《けわ》しい顔になった。

「あなたが優しい人だというのはわかるけど、でもそういうのって……」

「待って。お説教の前にもう少しだけ話を聞いてよ」

清水は手酌でビールを注いで、もう一杯飲んだ。

「僕はもちろん、そのことを彼に説明した。このオルゴールは残念だけれど、そんなに高価なものではない。これを買い取らせて貰ったとしても、あのイヤリングの代金にはとても足りないとね。でも彼は引き下がらなかったんだ。足りない分は毎年のお年玉で必ず払うから、何年かかっても払うから、あのイヤリングを売って欲しいと粘った。大切な人にあげたい、どうしてもあげたい、と泣きながら言うんだ。僕は根負けしてね、ともかく住所と電話番号を聞いて、分割払いの契約書を作った上でイヤリングを彼に渡した。けど彼が帰ってから、小学生にそんな高価なものを売りつけたというのは商業倫理にもとる行為なのかも知れないと考えた。一晩悩んで結局僕は、その子の家に連絡したんだ。イヤリングの本当の値段は伏せて、ただ、お宅のお子さんがそうした買い物をしましたという報告くらいはしておいた方がいいかなと。でも彼を裏切ることになるんじゃないかと気は咎《とが》めたよ。その子の家は父親と二人暮らしだった。その子のお母さんは随分前に亡くなっていたんだ。僕は留守番電話に用件は告げず、仕事のことで、と伝言した。その子のお父さんからは翌日連絡があって、その晩、お父さんは店にやって来た。僕が総ての事情を話さない内に、お父さんは息子のしたことを察してしまった。なぜだと思う？」

女将は静かに首を振った。

「前日の晩、つまり男の子がイヤリングを持ち帰った夜にね、その子とお父さんは、大切な食事会を開いていたんだ。その子の新しいお母さんになる女性と、ね。その席で、お父さんはその女性に正式にプロポーズした。その男の子は前もってお父さんの決意を聞かされていて、祝福してくれる気持ちがあるなら立派な男性として振る舞って欲しいと父親から言われていたんだよ……僕にはわかるんだ。彼はまだ小学生だったかも知れないが、それでも男として、同じ男である父親から、自分の愛する女性の前で紳士として振る舞うよう頼まれて、彼なりにとても光栄に思っただろうし、興奮もしただろう。そのお父さんは立派だったよね。自分の息子を子供扱いせず、除《の》け者にもせず、人生を共に歩む仲間として扱ったんだ。あの子は考えに考えて、新しい母親になってくれる女性にふさわしいプレゼントを贈ろうと思ったんだ」

「それが紫水晶のイヤリングだったのね」

「そう。彼はうちの店の通りに面したウインドウの中に飾ってあったそれを見て、新しいお母さんに絶対に似合うと思ったんだろうね……なかなかいいセンスだ。実際、父親の話では、イヤリングはその女性に本当に似合ったらしいよ。その席では父親もそしてその女性も、まさかそれが本物のアンティークだなどとは思わなかったわけだけど、その女性はとても気に入ったと言って、その場で自分の真珠のイヤリングをはずしてそれをつけてしまったそうだ。もちろん男の子に対してのゴマスリの意味は少しはあったんだろうけど……でも僕は確信している。あのイヤリングの美しさは、女性にならきっと理解出来た、と」

女将がそっとカウンターの上に置いたハモの皿に、清水は嬉しそうに箸をのばした。

「僕はその話を聞いて、イヤリングの値段のことはもう黙っていようかと思った。教育上間違っていると言われてしまえばそれまでだけれど、あの男の子の新しい人生の門出のお祝いに、十万円くらい出してやったっていいじゃないか、という気になっていたんだ。でもそうは行かなかった。さすがに父親は馬鹿じゃない。僕の店に置かれている物の値段をざっと見ただけで、息子が買ったあのイヤリングは、小学生の小遣いで買うには高すぎるんじゃないかと察してしまったんだ。僕は何とかごまかそうとしたが、父親の誘導尋問にひっかかって、とうとう本当のことを喋ってしまった。それでも分割払いの契約書を見せて、こちらには何も問題はないけれど、そちらが気にされるのでしたらもちろん、返品していただいて構わない、と言ったんだ。そして、代わりに男の子が置いて行ったオルゴールを取り出して父親に見せた。その時、奇跡が起きた」

清水は箸を置いた。カウンターの内側で、女将が熱心に清水の顔を見ていた。

「奇跡」

女将が呟《つぶや》いた。清水は頷いた。

「少なくとも僕には、そう見えた。その父親は、慣れた手つきでオルゴールの蓋を開けると、指先で箱の底をつまみ上げたんだ」

「……二重底！」

女将は手にしていたオルゴールを見つめた。

「そうなんだ。そのオルゴールはね、その父親がヨーロッパに出張した時に買って来たお土産《みやげ》で、いつの間にかリビングの飾り棚で存在が忘れられていた物だったんだ。箱の底に取り付けられたリボンのつまみを引っ張ると底板が持ち上がって、中に秘密の隠し場所が現われる。昔の土産物にはよくあった仕掛けだよ。そして父親がつまみ上げた底の下には……折り畳まれた一万円札が八枚、入っていた」

清水はまた箸を取り上げて、白いハモの一切れを梅肉にちょんとつけて口に入れた。

「隠した当人すら、そのオルゴールを目にするまで忘れていた、へそくりだったんだ。オルゴールの買値は結局、八万二千円になった。イヤリングの売値は儲けなしの十万円。残り一万八千円は、僕からの結婚祝いにさせて下さいと、僕は父親に申し出た。父親は納得し、僕は契約書を破いた。それから僕たちはグラスにスコッチを注いで、ささやかな男同士の乾杯をしたんだ。僕はとてもいい気分だった。その父親も同じだったと思う。でもあの八万円はあくまで父親のお金だからね、息子にはその金を父親に支払う義務がある。そして僕は、たぶんあの父と子は、きちんとその債務を確認し、返済もちゃんと行なわれているんじゃないかと、今でも思っている」

清水はビールのコップを手にしたまま、女将を見た。

「今年の君の誕生日に、僕はこのオルゴールを贈りたいと思いついたんだ。だってこのオルゴールは……幸福な結婚の奇跡を生んだオルゴールだったから。そしてその二重底の中に、僕はこれを隠しておくつもりだった」

清水は、もうひとつの箱をカウンターに置いた。それは紺色のビロード張りの小さな箱だった。

「でもこの箱の中のものはまだ、君に渡すことが出来なくなった。君にこれを受け取って欲しいと申し出る前に、僕が君について、君の許可もなくいろいろなことを聞いてしまったことに対して赦《ゆる》して貰わなければならない。それにはまず、君の手にしているその箱の底にあるものを、君に見て貰わなくてはならなくなったんだ」

女将は手にしたオルゴールの蓋をまた開いた。馴染《なじ》み深いメロディが流れ出す。女将は指先をそっと箱の中に入れた。底板が持ち上がるのがカウンター越しに清水にも見えた。

女将はじっと、じっと、二重底の奥に隠されていたものを見つめていた。

「どこから話したらいいのかしら」

女将はオルゴールの中から虹色のブローチを取り出してカウンターの上に置くと、いつもと変わらない声で言った。

「塚田さんと出逢ってしまった以上、近い内にこの日が来るのは覚悟していたのだけれど」

「別に何も話してくれなくていいんだ」

清水はビールを飲み干した。

「冷や酒がいいな」

「天狗舞《てんぐまい》でいい？」

「頼みます……つまりね、僕は探偵じゃないからさ。ただ僕はある人からそれを預かって、君に返して欲しいと頼まれただけなんだ。それから、ついでに伝言してくれってね」

女将は清水の前に小皿に載せた空のコップを置き、一升瓶を傾けて酒がこぼれて小皿を満たすまで注いだ。

「それを預かっていた人が、あなたに赦して欲しいんだそうです」

清水は小皿の酒を啜ってからコップ酒を呷《あお》った。

「そんなに急いで飲まなくてもいいわ」

女将は優しく笑った。

「今夜はいろいろと材料があるの。お料理、どんどん出るわよ」

「疲れてるんだから、そんなことしなくていいよ。それより君も飲まない？」

「イヤ」

女将は微笑みながら言った。

「わたし、今夜はここの女将としてあなたと話をしていたいの。そうさせてちょうだい」

「君がそうしたいなら、僕は嬉しいけど」

「ありがとう」

女将は、きゅうりとジャコの酢の物を小鉢に盛って出した。

「その人に伝えて下さいな。赦すもなにも、わたしはその人のことも……他の誰のことも恨みには思っていないんです。信じて貰えないかも知れないけど」

「信じるよ……もし恨みを抱いたままだったとしたら、君はきっと日本に戻って来なかった」

「そのブローチはわたしがロンドンで見つけたものなんです」

「ロンドン？　パリではなくて？」

女将は頷いた。

「あの人と……祭池と出掛けたの。祭池が行ってみたいと言うのでついて行ったんです。祭池はね、あの人は、ひとりでちゃんと電車に乗ることが出来ない人だったの。あの人の放浪癖というのは、もともと、迷子から始まるんです、いつも」

「迷子から！　つまり、道に迷ってそのまま放浪しちゃうってこと？」

「そうなの」

女将は懐かしそうに笑った。

「子供の頃からそうだったらしいのよ。それで何日も家に戻れないことがあったんですって。詳しいことはわからないけれどたぶん、ちゃんと病名の付いている病気なんでしょうね。あの人がすぐに女性と暮らし始めるのもそのせいだったんです。あの人は誰かがそばにいて世話をやいていないとひとりでは生活出来ないし、ひとりで外出すると迷子になってそのまま家に戻れなくなってしまうのよ。もしあの人に絵の才能などなければきっと、日本でそうした病気の治療に詳しい人たちに委《ゆだ》ねられて生活していたのでしょうけれど、たまたま絵の才能があった為に、誰もあの人を病気だと面と向かって言おうとしなかった。今さら言葉を飾っても仕方がないからはっきり言うけれど、祭池には、知能障害があったんだと思います……ある部分の認識能力が著《いちじる》しく劣っていたのね。でも神様はいつだってそうするように、その埋め合わせをしてくださった。祭池の絵に関する神憑《かみがか》り的な才能は、その埋め合わせなんです」

女将は小さな溜息をつき、小鍋の中で温まっているかぼちゃを見つめた。

「わたしはこのブローチがとても気に入って、大切にしていたの。でもある日突然、祭池がわたしからこれを取り上げてしまったんです」

「どうして？」

「はっきりした理由はわからなかったわ。祭池は時々、説明のつかないことで駄々をこねたんです。祭池はこれを自分の絵筆の箱に仕舞って、いつかはこの色で絵を描くのだ、と言いました。おまえにはその絵を見せてやるから、これは俺によこせ、って。たぶんあの人は、このガラスがあまりにもいろいろな色を含んで見えるので、嫉妬したんでしょうね」

「……嫉妬、か……ブローチのガラスに……」

「そういう人でした」

女将はかぼちゃを盛りつけて清水の前に出しながら、子供のいたずらについて話している母親のような顔で頷いた。

「あの人は、この世の中の総てのものを自分の絵筆で描きたかったんだ……今でもわたしはそう解釈しているの。だからあの人はひとつのところにじっとしていることが出来なかったし、ひとりの女を愛し続けることも出来なかった。あの人は、神様に選ばれた人間だったのね……それはある意味でとても不幸なことなのだけれど。でもあの人は最後まで絵を描き続けていた。それで良かったのだし、それ以外の人生は、祭池にはゆるされていなかったのだと思います。結局はそれで良かったのだし、社会人としてとか、夫として、というならあの人は失格者でした。普通の常識だとか倫理だとか、そうしたものの中ではけっして認めて貰えない、いわば落ちこぼれ。あの人は本能のようなものでそのことを知っていた。だから常に流れ続け、わたしたちの住んでいるこの当たり前の社会に囚《とら》われてしまわないよう、逃げ続けていたのでしょうね……うっかりかかわってしまった人間が災難なんです」

女将は、ふふふ、と笑った。

「でもわたしはそのことについては少しも後悔していないの。雪弥を産んだことだって後悔はしていません」

「手放したことは……どうなのかな」

清水は、聞き取れるか取れないかというほど小さな声で訊いた。女将は聞き取っていた。

「ああするしかなかったんです」

「塚田さんは信じていない。君が弁護士を殺そうとしたなどということは」

清水は、言葉にしてしまって後悔した。言葉にするべきではなかったのだ。そのことについては訊かないと心に決めていたはずなのに。

「清水さん、こちらからひとつだけ質問してもいいかしら」

「僕に答えられることなら」

「このブローチは……どうやって日本に戻って来たのか、ご存じでしたら教えて下さい」

「それは……糸川さんという女性が」

「その前のことを知りたいの」

「その前のこと？」

「糸川ナミさんがこれを持ち帰ったのよね？　その時の事情を何か話していませんでしたか」

「ああ、それなら、こう言っていた。画伯がバルセロナで倒れたと聞いて駆けつけた時、画伯はもう死の間際だったらしい。その時病床で、画伯が、絵筆の箱にこのブローチが入っていることを教え、これは美鈴さんのものだから彼女に返してくれと頼んだ、そう聞きました」

女将はゆっくりと呼吸するように、瞬《まばた》きした。それからコップを取り出し、自分の分の冷や酒を注いで飲んだ。

「それならあの人は……わたしを赦してくれたのね、最期に」

「あの人って、糸川さん？」

「いいえ、祭池よ」

「どうして画伯が君を赦すなんて、そんな権利があるんだ。画伯は君を裏切りひどい目に遭わせた。なのに……」

「いいえ、違うの」

女将はコップを置き、清水の顔を正面から見た。

「わたしが裏切ったんです……祭池を。雪弥は……祭池の子供ではないんです」

清水は呆気《あっけ》に取られ、黙ったまま女将を見ていた。女将は苦しげに眉を一度寄せてから、無理しているかのように微笑んだ。

「……祭池と暮らし始めて二カ月ほどしてからだったかしら……いつものように祭池が我儘《わがまま》な駄々をこね始めて、わたし、あの頃は若かったでしょう、お互い精神的に子供だったから、喧嘩になると収拾がつかないくらいになってしまうのね。ふたりで暮らしていたアパートを飛び出して、演劇学校の同級生の、イタリア人の女性のところに転がり込んだことがあるんです。その時にその女性の友人でたまに遊びに来ていた日本人の男性にとても親切な言葉をかけて貰って……恋でもないし、そんなに好きだったわけでもない。でも祭池と別れるつもりで、その心の隙間を埋めてしまおうとしたのね。一度だけ、その人と関係したの。でも結局祭池のことが忘れられなくて、あの人も迎えに来てくれて泣きながらやり直そうと言ってくれて、元の鞘《さや》に。雪弥はその人の子供なんです。でも信じてちょうだいね、それを知っていて祭池の子だと偽《いつわ》ったわけではないのよ。わたしは祭池の子だと信じ込んでいたの。一度だけ関係した人との時には避妊していたんです。相手も留学生だったから、ちゃんと用心はしたの。だから妊娠がわかった時には当然、祭池の子だと思った。そしてそれを疑ったことは一度もなかったの……あの日……わたしと雪弥のことで来てくれた弁護士さんからなじられるまでは。祭池は……その前に日本で結婚に失敗した後、パイプカットの手術を受けていたんです。わたしはそのことを知らされていませんでした」

「……でも画伯は……」

清水は言葉を出そうとしたが、喉が痛んで声にならなかった。

「ええ、祭池はもちろん知っていたんです。雪弥が自分の子ではないことを。でもわたしと結婚しようと言ってくれたし、雪弥のことは本当に可愛がってくれたの。今にして思えば、祭池という人は、それが自分の子だとか他の男の子だとか、そんなことにこだわる人ではなかったのね。それまでだって奥さんや子供を平気でほったらかして生きて来た人だったし……冷酷だとかそういうのではなくて、家族の存在そのものが、彼にとっては人生の一大事ではなかったんだと思います。彼にとっては、自分が描こうとしてもどうしても描き切れないこの世界の美、こんな、ただのガラスなのに虹の色に輝くことの出来るようなもの総て、そうした絶対的な神の創造物に対して闘いを挑むことの方が、家族だの愛だのよりずっとずっと重要なことだった。そういう人間というのがこの世にけいるんです。善悪の問題ではないのね。それはそう……宿命なんです、たぶん」

女将の声がはじめて揺れた。泣いているのかそうでないのか、清水にはわからなかった。

「弁護士さんは、きちんと検査すればすぐにわかることだと言いました。わたしが知っていてしらばくれていると思っていたようです。パイプカットのことは糸川夫妻は知らないことだったらしくて、わたしは、それが本当なら雪弥は自分ひとりで育てるから、もう構わないで欲しいと言いました。でも弁護士さんは納得しなかったの。祭池が戻って来る確率は低いけれど、ゼロというわけではないでしょう？　祭池自身は雪弥を自分の子として受け入れるつもりでいたわけですから、もしそのままわたしと雪弥をほうっておいて祭池が戻って来てしまえば、そのまま入籍して子供も認知してしまうかも知れない。わたしはわたしで、雪弥が祭池の子ではなかったと知ったショックで取り乱していました。だから、感情的な言葉を投げ合ったのは憶えているけれど、何を言ったのかは思い出せないんです。ともかく弁護士さんはわたしの腕を摑《つか》み、わたしはそれを振り払おうとして……気が付いたら、弁護士さんは階段の下に倒れていました。わたしはとても動転して、すぐに警察に電話をかけました。弁護士さんはフランス語があまり得意ではなくて、警察の尋問は病院で通訳を通して行なわれたらしいんです。わたしの方は警察に身柄を拘束されて……あの弁護士さんが、わたしが殺そうとして突き落としたと供述していると聞かされたのは、二日ほど経ってからだったの」

「どうして認めたりしたんだ！」

清水はやり場のない怒りに駆られて叫んだ。

「明らかな事故じゃないか。しかもその弁護士の方が先に手を出してる！　君に落ち度はないよ。それなのに……」

「……罰だと思ったの」

女将はコップの酒をまた喉に流してから、ふうっと息を吐いた。

「わたしは祭池を裏切った。そのことだけは間違えようのない事実。その結果として出来た子供が雪弥だった。でも祭池は雪弥を受け入れてくれようとしていた。わたし……死にたいと思ったの。死にたいくらい、祭池に申し訳がなくて……罪悪感で気が変になりそうだった。このまま刑に服してしまわなければ、自分の気持ちが収まりそうになくて……でも雪弥がどうなるかそれだけが心配でした。そんな時、わたしに付いてくれた弁護士さんが、雪弥のことについて被害者の弁護士さんと話し合ってくれたんです。信じられないことに、このまま罪を認めて永久に祭池家の周囲から姿を消してくれるのなら、雪弥のことは責任を持って日本に連れて帰り、金銭的にも祭池家が面倒をみるようにすると……それに、怪我についてのわたしに対する賠償も要求はしないと」

「交換条件というわけか……はずみとは言え殺人未遂を認めれば、すぐには日本に戻れなくなる。その間に雪弥くんのことを事務的に片付けて、君を祭池の家とは無縁の存在にしてしまおうと言う……」

「糸川さんご夫妻には男の子がいなかったんです。たぶん、被害者の弁護十さんが、雪弥が祭池の子ではないと糸川さんに告げた時に、糸川さんが雪弥を養子にすることを思いつかれたのでしょうね」

「それには君が邪魔だった。だから事故だったのに君の犯行であると認めろと……なんて話だ！　あのご婦人がそんなことを企《たくら》んだなんて……」

「ナミさんはご存じないことですよ、きっと。ナミさんはお兄さんの祭池のことがとても好きでいらしたから、その兄の子供を手元で育てたかった。それだけだったと思います。雪弥のことは、糸川さんと弁護士さんと、男二人で決めたことでしょうね……それにね、清水さん。わたしにも打算はあったのよ。わたしはあの時、とても子供を育てられる精神状態ではなかった。かと言って、日本に戻ってもわたしにはすでに実家というものはなかったんです。義理の母と縁遠くなった弟がいる家に雪弥を預けることなど出来ないでしょう？　たとえ事故だったとして釈放されても、弁護士さんの治療費を払えと言われたらどうしたらいいのか……わたしの持っていたお金は、預金口座に数十万円だけだったの。どうにもならない……わたしが刑に服してしまえば、雪弥は何不自由のない生活を手に入れることが出来るんです……あの時のわたしは、どんなに責められても他の選択を出来る状態ではなかった」

女将はブローチを手にとり、胸元につけた。質素な和服の襟元《えりもと》にはひどく不似合いな虹色の輝きが、清水の目にはぼやけて見えた。清水は、手の甲で涙を拭った。

「このブローチを付けるのはこれで最後ね」

女将は、胸元からブローチをはずして清水の前に置いた。

「これはあなたのお店で売っていただけませんか。この虹色の輝きを、祭池はとうとう生きている間に描くことが出来なかった。わたしに返してよこしたということは、あの人が諦めたということなんです。それを諦めた時、あの人はひとりの淋しい男になっていたはずです。そしてわたしのことを思い出してくれた。わたし……それだけで幸せだと思います。でもその幸せも、もうわたしにはいらない。これを手元に置いておくつもりはありません。虹は掌に摑むものではないわ……空に見上げて、その向こうに何があるのか憧れるものよね。祭池は、人間にはゆるされていない望みを抱いていたんだと思います」

清水はブローチを摑み、ポケットに仕舞った。

「わかりました。これは僕の店で売ります。もしかしたら祭池画伯のように、人にはゆるされない望みを抱いて虹を掌に収めようとする誰かが、買ってくれるかも知れない」

清水は紺色の箱の蓋を開け、中から女将には見えないように何かをつまみ出し、カウンターの上のオルゴールの二重底の下に入れた。

「これでもう過去のことは終わった。今度は、僕とあなたとの未来にとっての奇跡を、このオルゴールに起こして貰う番だ」

清水はもう一度オルゴールを女将の前に押し出した。

女将は箱の蓋を開けた。

また、音楽が流れ出した。

だが女将は、底のリボンをつまもうとはしなかった。ただじっとメロディを聞いていた。

「奇跡はきっと、起こると思うわ」

女将は静かに言った。

「でもその前に、わたしにはしなくてはならないことがあります……今、その決心がついたの。この箱の底にあなたが入れてくれたものをわたしの……わたしの指にはめさせて貰う前に」

「……吉永さん」

「ありがとう……その名前で呼んでくれて」

女将は微笑んだ。

「もう少しだけ待ってくれますか……この秘密の底を開けて、奇跡に指を触れる前に、もう少しだけ」

清水は頷いた。

「いつまでも、待つよ」

コップ酒が空になる。

「僕は長っ尻《ちり》の嫌なお客なんだ」

女将は笑って一升瓶を傾けた。

君の気の済むように、過去の清算をしたらいい。

清水は思った。

君が納得出来るように。雪弥くんのことも、他のことも総て。

たとえ五年でも十年でも、僕は待っていよう。
待っていたって、何も失うものはない。僕たちは虹を掌に摑む必要はないんだから。
空を仰《あお》いで、ふたりでそっと憧れる、そんな人生でいいんだから。
雨が降れば、虹は何度でも、空にかかるんだから。

# あなたといられるなら

The End of a Perfect Day

ばんざい屋の九月

## 1

額《ひたい》の汗が拭《ぬぐ》っても拭っても滴《したた》り落ちて頬を濡らす。

九月に入っても陽射しはやわらがず、呆《あき》れるほど快晴の空にはまだ威張《いば》った大魔人のような入道雲がどっしりと構えていて、夕方になれば空が破けたような夕立を降らすかも知れないと、出かけ間際《まぎわ》に傘にも手が伸びる。

美鈴は、もう一度玄関の鏡の前で自分の顔を見た。

疲れてはいなかった。ここ数日はよく眠っている。このひと月ずっと考え通して、そして出した結論だった。もう迷わないつもりだ。もう。

結局、自分は逃げていたのだろう。この数年の間、最後には今日の日に行き着くとわかってあげたい、そう自分に言いきかせ続けている。でもその間に出逢った人々のすべて、感じた物事のすべてを、けっして忘れるつもりはないし、もう一度、成田《なりた》に降り立ったあの日に戻ったとしても、また同じ道を歩いていただろうと思う。過去は未来と引き換えにしてはいけないものなのだ。未来の為に過去のすべてを否定してしまうなら、その未来は土台を持たない砂上の楼閣になってしまう。

美鈴はもう、幻はいらない、と思った。これからの人生はひとつひとつ、確《たし》かなものだけ掌におさめて生きよう。それがどんなに少なくても、掌に入りきれるものを愛《いと》しんで、おだやかな夜を迎える日々を過ごしたい。

吉永千太郎《せんたろう》の家に出向くのは数年ぶりだった。ばんざい屋を開店してからは一、二度しか来ていない。本当はもっと頻繁《ひんぱん》に来たかったのだが、吉永の妻の気持ちを思うとそれは躊躇《ため》らわれた。

しかし、今日だけは千太郎に会わなくてはならないのだ。

小田急線の成城《せいじょう》の駅からタクシーに乗り、五分ほどで吉永邸の玄関前に着いた。美しく手入れがされた芝生《しばふ》は、この残暑の照り返しの中にあっても清々《すがすが》しく緑色だった。

呼び鈴を押すと、家政婦の声が返事をした。

吉永邸の長い廊下を歩いて居間に通される間に、美鈴は何度かこっそりと深呼吸をした。それでも、ドアが開いた時は心臓が痛くなるような緊張を感じた。

「御無沙汰《ごぶさた》しておりました」

美鈴が立ち上がって頭を下げると、千太郎の妻、時枝《ときえ》は、整った顔で薄く笑みを見せた。

「虫が知らせたと言うのかしら」

時枝は美鈴をソファに座るよう勧めてから、自分もどっしりとした見事なソファに腰掛けた。

「先日あなたからお電話をいただきましたあの日、ね、わたくしの方からご連絡さしあげようかと思っていた矢先でしたのよ。弁護士の岩谷《いわたに》先生から、そろそろはっきりしておいた方がよいだろうとアドバイスされましてね」

時枝は、家政婦が運んで来た紅茶に唇をつけてから、囁《ささや》くように言った。

「吉永はもう……長くありませんの。主治医の先生からは、もう一度入院させていくらかでも長生きをしてもらうか、それともモルヒネだけでこのまま、自宅で……どちらか選んでもらいたいとはっきり言われてしまいました。悩みましたけれど……このまま自宅にいてもらうことにいたしました。本人も、もう病院に戻るのは嫌だと申しましたし」

「もっと頻繁にお見舞いに伺《うかが》わなければいけなかったのです」

美鈴はまた頭を下げた。

「わたくしが意地悪を申したのですもの」

時枝は苦笑いのような表情になった。

「この家には二度と来るなと、わたくしが申し上げたのですものね。ごめんなさいね」

時枝はまた紅茶の茶碗を手にとった。美鈴は、時枝が話し始めるまでじっと待った。


「結局」

時枝は微笑《ほほえ》んでいた。

「わたくしは嫉妬していたんです。あなたと吉永とが……男女の関係などではないと、頭ではわかっていたのに、あなたと養子縁組までした吉永のこだわりが、わたくしには理解出来ませんでした」

「吉永さんはわたしを助けてくださったんです。イタリアで吉永さんに御会いした時、わたしはもう二度と日本には戻れないと思っていましたから。吉永さんが養子縁組してくれたおかげで、名前を変えて日本に戻って来ることが出来た……新しい名前を持たなければ、とても日本で生活をする勇気はありませんでした。でも吉永さんはわかっていらした……わたしがどれだけ日本に戻りたいと思っているのかを」

「吉永は吉永で、あなたに救われたのですよ。吉永は、自分のせいで娘を死なせてしまったという自責の念からどうしても逃れられないでいました。もう……もう一年も前のことなのに。千春《ちはる》さんは吉永にとって、病気で早くに亡くなってしまわれた先の奥様の唯一の思い出、宝物だったのです。その宝物を自分の不注意で死なせてしまい、吉永は廃人同様になっておりました。もちろん、責任は吉永だけにあるのではありません。居眠りをしてセンターラインを越えて来た車と衝突したのですから、ね……でも、そうしたことは理屈で割り切れる問題ではありませんものね。吉永に転地療養を勧めたのは他でもないわたくしでした。吉永がこよなく愛していたイタリアでなら、心の傷も癒《い》えるだろうと。それなのに……あなたを連れて日本に戻って来たものですから、わたくし、どうしても素直になれなくて。あなたの顔を見れば、千春さんに本当によく似ていらして、吉永がそうしたかった気持ちはわかったはずですのにね」

閉められた大きなサッシから、美しい庭が見えていた。

早咲きのコスモスと遅咲きのひまわりとが同居している花壇には、白い蝶も優雅に舞っている。

美鈴は、吉永千太郎とはじめて出逢った、サン・レモ郊外の小さなレストランを思い出していた。千太郎はとても悲しそうな顔のまま、小さなパンをちぎって鳩に与えていた。

なぜなのかその姿に美鈴は、祭池晃一郎をだぶらせてしまったのだ。晃一郎はけっして動物好きではなかったのに、鳩だけはなぜか好いていて、パンを持っては公園に餌《えさ》をやりに出かけていた。

美鈴はたまらなくなって千太郎に声をかけた。そしてその瞬間、千太郎は驚愕し、それから、泣いた。子供のように、わんわんと声をあげて。

その涙の理由が、美鈴の顔が千太郎の亡くなった娘、千春によく似ていたからだとわかったのは、取り乱してしまった千太郎が落ち着いて美鈴に謝り、千太郎が滞在していた高級ホテルの一室に招待してくれてからだった。

考えてみたら、二人があそこで出逢ったのは、運のない二人の人生にほんの少し同情した神様が、束《つか》の間《ま》の夢を二人に見せてくれようとした、そういうことだったのかも知れない。

美鈴は千太郎と数カ月、イタリアで暮らした。男と女にはならず、最後まで父親と娘のようにいたわり合いながら。

そして、千太郎の懇願で、美鈴は千太郎と養子縁組を結び、千太郎の娘となった。すでに美鈴の両親は他界し、縁があった親戚ともフランスで服役した時点で縁が切れていたので、美鈴の側には何の問題もなかった。だが千太郎には、歳が美鈴とほとんど違わない内縁の妻がいたのだ。そのことを千太郎は美鈴に黙っていた。

日本に戻った美鈴を待っていたのは、内縁の妻、時枝からの激しい叱責《しっせき》と憎悪《ぞうお》の言葉だった。

それでも千太郎は養子縁組を解消しようとはしなかった。時枝も内縁という立場からそれ以上のことは出来ず、美鈴はどうしたらいいのか途方に暮れた。千太郎と一緒に暮らすことになるのだと漠然《ばくぜん》と考えながら帰国したのに、時枝の存在があっては、吉永邸は美鈴にとって針のむしろになる。

美鈴は、吉永邸には住まずにひとりで暮らすことを決心した。千太郎は最初、それを承知しようとはしなかった。だが時枝のこともあって最後には折れた。条件は、いつでも顔が見られるように、都内に住むこと、だった。

もともと美鈴は、千太郎の財力がどの程度のものなのかなどまるで知らなかったし興味もなかったのだ。イタリアのホテルに長期滞在出来るくらいだからそこそこにゆとりはあるだろうとは思っていたが、千太郎の経済力に何かの期待をしていたということは一切、なかった。だから、千太郎が一部上場企業の会長職に就いていた人間で、引退した今でも相当な収入があり、財産もかなりのものだと知った時には、本当に困惑した。時枝が美鈴の行動を財産目当てだと非難したのも理解出来たのだ。

美鈴は千太郎の条件を呑み、都内に住むことを約束してひとり暮らしを始めた。行くあてなどなかったが、働き口を探してなんとかしなくてはならない。いくつかアルバイトのような職業を転々としてから、下町の定食屋で仕事を見つけた。気さくで親切な夫婦者が開いている店で、居心地が良く、そこで数年勤めた。

その間、千太郎とはたまに会い、美術館を巡ったり公園を歩いたり、イタリア時代と同じような、ふわふわとした関係を続けた。時枝の怒りは収まったわけではなかったが、千太郎が時枝を正式な妻として籍に入れたことで、交換条件のような形で美鈴の存在は承認された形になった。

そんなある日、美鈴のアパートを時枝が突然訪ねて来た。

千太郎が肺癌であると判ったことを告げてから、時枝は、相続権の放棄に関する書類を美鈴に渡した。

いずれはその問題になるのだろう、と美鈴は思っていたので、それ自体は驚かなかった。ただ、千太郎の死期が近付いているという事実の方が、美鈴にはショックだった。

美鈴は時枝の言うままに書類に署名して渡した。もとより、千太郎から金を貰うことなどは考えていなかった。だが時枝は、額面が二千万の小切手を持参していた。千太郎の死後、養女である美鈴が受け取る権利のある相続財産は、億の単位になる、と時枝は正直に言った。だからこの小切手はどうしても受け取って貰わなければ困るのだと。

時枝が帰った後、小切手を眺めながら三日間、考えた。それから美鈴は手書きで借用書を作り、それを時枝にあてて郵送した。

千太郎には本当のことは言わなかった。ただ、商売が始めたくなったので、保証人になって欲しいと頼んだだけだった。千太郎は余計なことは聞かず、銀行から金を借りる時の保証人となってくれ、物件を探すための不動産屋を紹介してくれた。

千太郎が、時枝のしたことをどこまで知っていたのか、美鈴にはわからない。ただひとつわかっていたことは、千太郎自身、自分の命がもうそう長くはないと知っている、ということだけだった。

ひまわりは、そこだけ夏を残して花壇の中にすっくと立っている。まるで太陽から受ける責め苦はすべて自分が引き受ける、とでも言いたげに。

「これをお返ししなくては、と思っておりましたの」

時枝は、茶封筒を美鈴の前に置いた。

「わたくしが愚かでした」

美鈴は封筒を開けた。中には、見覚えのある書類が入っていた。相続財産の放棄に関する書類。

「わたくしにも、もう身寄りはいないんです。あなたと境遇は同じです。吉永が先に逝ってしまってから、この広い家でひとりぼっち、いつまでひとりぼっちで暮らすのだろう、そう思うと……吉永とは、二十歳の時に知り合いました。もちろんその時にはもう吉永には奥様も千春さんもいて、世間で言われる不倫関係のまま……長かったけれど、でもわたくしはいつも吉永に愛されていた。そう信じていました。それなのに吉永があなたを連れて戻って、わたくしは取り乱してしまいましたの。でも……この頃になってやっと、わかりました。吉永はわたくしを、女として愛してくれている。そしてあなたのことは……千春さんだと考えている」

「その通りだと思います」

美鈴は紅茶の茶碗を見つめながら言った。

「その通りだと」

「吉永が男として女に与えられる幸せを、わたくしは今、ひとりじめにしています。これ以上のことを望めば、わたくしにとっていちばん大切だったものが吉永に女として愛されることではなく、財産だとか何だとか、そんなものだったのだという結果だけが残ります。それはわたくしのこれまでの人生をすべて否定してしまうことなのだと、わたくし、やっとわかりました」

時枝がその瞬間に見せた笑顔は、今まで美鈴が知っている中でいちばん美しく、そして自信に溢れている、と美鈴は思った。

時枝は今、確信している。自分が、吉永千太郎という男の愛を最後に受ける女であることを。その絶対の、位置を。

千太郎の人生の、いちばん最後に辿り着いた場所に、自分がなれたのだ、という誇りが、時枝を色付かせ、輝かせていた。

羨ましい、と、美鈴は思った。

祭池晃一郎は、人生のいちばん最後を見知らぬ土地の見知らぬ女のもとで終えた。そして、追い求め続けた虹色の夢は、もう自分にはいらない、と、美鈴に返してよこした。

晃一郎の人生の終わりに、美鈴は必要のない人間になっていたのだ。

「これはお返しします。あなたはあの二千万円も、ちゃんと毎月返して下さっているし、何の問題もありません。吉永の……葬儀の日には、娘として、あれをおくってやってくださいな。わたくしは、妻として、あれをおくります」

「今日、お伺いしたのはそのことなのです」

美鈴は紅茶茶碗をテーブルに置いた。

「わたし……千太郎さんにお別れを言いに参りました」

「お別れ？」

「はい」

美鈴は、座ったままで深く頭を下げた。

「わたし……千太郎さんの娘でいることはそろそろ終わりにしたいと思っています。自分に……谷山美鈴、という自分の元の姿に戻るつもりです。わたし、店でも吉永と名乗っていましたし、人に聞かれれば悦子《えつこ》、という架空の名前もつかっていました。千太郎さんの養女にしていただいた時に、谷山美鈴であったことは、きれいさっぱり忘れてしまうつもりでいたんです。詳しいことは千太郎さんにも話していませんが、わたしの過去には……消してしまいたいような出来事もありました。千太郎さんと一緒にいる時、わたしは本当にそうした過去をすべて忘れて千太郎さんの娘でいられるような錯覚に陥《おちい》り、その錯覚の中で束の間、安らかな思いをしていたんです。千太郎さんのおかげでわたしは救われました。どれだけ感謝しても、感謝しきれないほど、有り難く思っています」

「それでも、元の自分に戻りたくなった」

美鈴は頷いた。

「戻らなくてはいけないと、思いました。人が歩いて来た過去をすべて、何もなかったことにすることなどは出来ません。これまで昔のわたしを知っている人に出逢わずにいられたのが奇跡でした。ここ二年ほどの間に、わたしの周囲にぽつり、ぽつりと昔を知っている人の顔が現われ始めました。もう一度逃げてしまうことは出来るかも知れない。でもどこまで、いつまで逃げても、やがては同じことになるでしょう。もう、逃げている時間は終わりにして、すべてをもう一度受け止めて、その痛みも幸せも、それはわたしのものです、と言わなくてはいけない。そう、決心したんです」

「どなたか、いいひとがおできになったのね？」

時枝は、今までいちばん優しい顔で言った。

美鈴は黙ったままでいた。それでも、時枝には伝わる、と思った。

時枝は長い間、紅茶をすすっていた。それから、茶碗を下に置いて囁いた。

「それでも……吉永の葬儀には来てくださいますよね？」

「はい」

美鈴は、庭のひまわりを見つめながら言った。言った途端に、涙がこぼれて頬を伝った。

「会って行ってあげて下さいな……もう意識は朦朧《もうろう》としたままで、返事は出来ないかも知れませんけれど」

時枝が立ち上がり、美鈴もその後に従った。

吉永千太郎は、広い寝室の大きなベッドの上で、静かに眠っていた。モルヒネの効果なのか、とてもおだやかな顔をしている、と美鈴は思った。

千太郎の投げたパンの屑をつついていた鳩の姿を思い出した。

千太郎は今、長い一日の終わりにいた。その穏やかな寝顔から、千太郎の一日は、とても幸せな一日だったのだ、と美鈴は思った。様々な困難や不幸に見舞われ、愛妻も愛娘《まなむすめ》も失ってしまったけれど、それでも、いちばん終わりにここでこうして、自分に愛されていることを誇りに感じている人間に見守られている。

人の一生は、その中にいつも幸福と不幸とを取り混ぜて持ち合わせ、泣き顔と笑い顔とを忙しく交互に繰り返し、やがて時が経ち、どちらの時間がより長くても、最後には、黄昏《たそが》れてゆく陽射しの中でこうして横たわってその時が終わるのを待っている。

自分にその時が訪れた日、自分のそばにこうしていてくれる人を持っていられたなら、それほど完璧な一日はたぶん、ない。

さよならは口に出せなかった。言葉にしてしまうと、千太郎の完全な幸福の時を傷つける気がした。

さよならを言わないままで、美鈴は、吉永の家を出た。

2

受話器を置いた時、美鈴は軽い目眩《めまい》をおぼえていた。

まさかこんなに早く、糸川ナミが連絡して来るとは思っていなかったのだ。清水からあの虹色のブローチを受け取った時に、覚悟はしていた。清水は律儀な男だったから、糸川ナミにそのことを報告するだろうし、そうすればナミが何らかのアプローチをして来るだろうことは予想していた。

それでも、半年くらいの猶予はあると、勝手に思っていたのに。

すべてのことが、動き始めると一気だった。そういうものなのだろう、とは思う。いつだって、物事が変化する時は突然で、そしてその流れはとても速いものなのだ。

いよいよ、今夜。

美鈴は、何をどうしたらいいのか混乱した頭で考えて、それから冷蔵庫を開けた。自分に出来ることは他にはなかったし、できることをする以外に、今夜に迫った「その時」を乗り切る道などはないのだから。

献立を考えていると、このばんざい屋で過ごした日々のことがひとつひとつ、鮮明に、そして優しく脳裏に甦《よみがえ》って来る。クリスマスに憂鬱を抱えていた女性が好きだった、かぼちゃの煮付けは、秋風が立ったらまた作ろう。緑色の桜の花で来年も花見が出来たとしたら、今度は何を願おう？　丹波焼のモダンな器によく似合う黒大豆の枝豆も、もうひと月もすれば手に入る。今年の松茸のできはどうだろう。今年ぐらいは、ほんの一口ずつでも丹波産のとびきりの松茸を、お客たちに食べさせてあげられればいいのだけれど。それには今月、たくさん雨が降らないとならない。夏の暑さと九月の長雨が松茸を育てる。

ずっしりと重みのある秋茄子が、艶《つや》つやと掌の中で嬉しそうに笑っている。

中学生の男の子。野菜の煮物など、食べないわよね。

それでも、秋茄子ははずせない、と美鈴は考える。どのみち、あの子の食べ物の好みなどはまるでわからないのだ。そうした好みを知る機会も、ましてやその好みに合わせて食べ物を用意してあげる機会など、まったく持てなかった母親なのだから。

最初の一言を何と言えばいいのか。

ごめんなさい、それとも、元気だった？

あなたに会えて嬉しい……嬉しい。

言葉をいくら並べても、到底伝え切れない思いが溢れる。それに、まだ今夜はそれを伝えてはいけない立場だった。この先も、伝えるチャンスはないのかも知れない。そして美鈴も、糸川ナミはただ、雪弥を連れて食事に行きます、と言っただけなのだ。

わかりました、とだけ答えた。

それはナミの思い遣《や》りだった。そうして一歩ずつ始めなければ、この年月のすべてを一気に埋めてしまうことなど出来ないのだし、また無理をすれば、雪弥の心に大きな負担をかけてしまうだろう。

焦《あせ》っても仕方がないし、焦る資格も、自分にはない。

落ち着いて、ゆっくりと。煮物に味をふくませる時のように、熱い思いはさまして待つ。

「あの」

まだ開店の暖簾《のれん》を出していないのに、引き戸が開いて常連客のひとりが顔を出した。坪《つぼ》井《い》、という名前の、三十代くらいの商社マンだった。

「女将さん、まだ無理だよね」

「えっと」

女将は時計を見た。四時過ぎ、いくらなんでも早い。

「ごめんなさい、まだ仕込みがぜんぜん……」

「そうだよね」

坪井は引き戸のところで中途半端にからだを半分店内に入れたまま、困った顔をしている。

「どうなさったの？　ともかく、中に入られたらいかが？」

「いいですか」

「何も出せませんけど、それでもよろしければ」

「すみません」

坪井は恐縮しながら入って来た。

「お掃除は済んでますから、どうぞ、腰をおろして下さいな。お茶いれますね」

「あ、そんないいです。何も構わないでください。ただちょっとここにいさせて貰えれば」

美鈴は湯を沸かし、そば茶の支度をした。

「すみません、手間かけさせちゃって」

坪井は湯のみを受けとって、それから鼻をひくつかせた。

「あれ、このお茶……すごく香ばしいな」

「おそばのお茶なんですよ。おそばの実を炒《い》って、麦茶のようにして出すんです。新潟に出張されたお客さまが買って来て下さったの」

「へえ……これ、いいですね。なんだか食欲が湧いて来る香りだなぁ」

「お腹が空《す》いてらっしゃるなら、おにぎりくらい握りますけど」

「いや、そんないいですよ。開店時間まで待てますから」

「そうですか。それならこれ、お茶うけに」

美鈴は、これもゆうべ客から土産に貰ったゆべしを薄く切って小皿に載せて出した。

「これ、なんですか？」

「まあ召し上がれ」

坪井は薄片を口に含み、驚いた顔になった。

「あれ、甘いんだ！　見た目だと醬油漬けなのかと思ったのに。でもいい香りだなぁ、柚《ゆ》子《ず》ですか」

「ゆべし、という食べ物です。これは能登《のと》の輪島《わじま》のお土産。日本全国にゆべしはあるようですけれど、最近はあまり食べなくなったようですね。柚子の中身をくり抜いて、中にお味噌とか、くり抜いた柚子の実とか、松の実、お砂糖などいろいろなものを詰めて、蒸してから干すらしいですよ。さすがにわたしもまだ、ゆべしを自分で作ってみたことはありませんけれど」

「べっ甲色というか、深い茶色というか……微妙に透き通った感じがしますね。どの部分が皮なのかわからないくらい、一体化しちゃってる」

「滋養がある食べ物だし保存が利《き》くので、疲労回復の薬のような感覚で、大切に食べられていたもののようですね」

「なるほどね……確かに、こんなに薄いの一、二枚でも、疲れがすっと取れる気がするな。この残暑で夏バテ気味なんですよ。こういうものは、ありがたいな」

「坪井さんはいつもお忙しいですものね。それにしても、今日はお早いですね」

坪井は茶をすすってふう、と息を吐いてから苦笑いした。

「いや、実はまだ……仕事中なんです。今ね、外回りから会社に帰ろうとしていたら……ちょっと会いたくない人が来るのが見えて」

それで、ここに逃げ込んだわけか。美鈴は笑い出しそうになったのを堪《こら》えた。いつも、どちらかと言えば物事に対して自信に溢れている感じのする坪井が、こそこそと逃げる相手というのはどんな人物なのだろう？

だが坪井にとってはどうやら笑い事では済まない問題のようだった。坪井は、湯のみ茶碗を前にして、ひどくぎこちない様子になっている。

美鈴は煮物の仕込みを続けながら、ゆべしをもう少し薄く切って、坪井の前の小皿に載せてやった。

「女将さん」

坪井が、ゆべしを齧《かじ》りながら言った。

「女将さんはそれだけ美人だし、男性にはモテますよね」

「いいえ、そんなこと」

「女将さんだって、交際を断わることって、ありますよね？　好きでもない相手から付き合ってくれと言われても、できない時はできない。それって、薄情なことじゃないですよね？」

「そうですね」

美鈴は、小芋をひとつ、箸で刺した。

「そういうこともありますね」

「自分では誠意を尽くしてきちんと断わったつもりなのに、逆恨《さかうら》みされた経験は？」

美鈴は思わず坪井の顔を見た。坪井は、確かに切羽詰まった表情をしていた。

「幸い、そうした経験はありませんけど」

「僕に隙《すき》があったことは認めます」

坪井は、美鈴に話してしまって肩の荷をおろしたがっていた。

「組合の集まりで知り合った総務の人なんです。それまで、顔は知っていたけれど口をきいたことはなかった。食事をして、なんとなく話が弾《はず》んだんでカラオケに行って、それから何度か、そんなようなことをしたんです。でもいつも他に同僚がいて、二人きりということはなかったんですよ。だから僕としては、いい友達だと思っていた。それ以上の感情はまったく持っていませんでした。それが、今年の二月、バレンタインデーに、手編みのセーターですよ」

坪井は肩をすくめた。

「今どき、そういうことする子っているんだなあ、と、まあ感動しなくはなかったんですけどね。でもかなりその……重いですよね。それで、これははっきり言っておいた方がいいんじゃないかって思ったわけです。変な期待を持たせてしまったらかえって気の毒だし。けっして嫌いとかそういうんじゃなかったんだけど、この先付き合っていても、恋愛の対象にはならないだろうな、と感じたものですから。それで、せっかく編んでくれたのに本当に申し訳ないけれどこれは受け取れない、これからもいい友達でいたい、まあそんな意味のことを言って、セーターは返したんです。なのにそれから……」

坪井は溜息をひとつついた。

「嫌がらせが始まったんですよ」

「その女性からですか？」

坪井は頷いた。

「最初は無言電話です。それから、朝、出勤すると僕の机の上に、花瓶に挿《さ》した白い百合《ゆり》の花が飾ってありました。それから社内メールで僕が女性を弄《もてあそ》んで傷つける男だ、みたいな怪文書。これには僕も頭に来て、メールを送信した人を突き止めてもらうように会社に要請したんです。でもだめでした。発信されているのがどれもこれも、フロア共通アドレスからなんです。アルバイトの子なんかが使う、社員共有のアドレスなんですよ。昼休みなんかにこっそり共有パソコンから発信されたら、誰がやったかなんてわかりません。でも僕としては、心当たりと言えば彼女だけなんです」

坪井は助けを求めるような表情で美鈴を見た。

「でも、まさか警察に言うことは出来ないでしょう？　無言電話はともかくとして、他のことは会社の中で行なわれる嫌がらせですからね、警察だって介入のしようがない。それに嫌じゃないですか、少なくとも友人だと思ったことのある人をそんなことで訴えるなんて。ただ僕が理不尽だなと思うのは、今度のことを誰に相談しても、悪いのは僕の方みたいな目で見られることなんですよ。確かに、人を好きになって相手にして貰えなかったらそれは辛いかも知れない。可哀想なのかも知れない。でも、交際する気のない人から一方的に思われて追い掛けられて、それで断わったら嫌がらせをされるなんて、そっちだって随分可哀想な話だと思いませんか？　好きじゃなくてもとりあえず付き合ってやれば良かったのに、なんて言う同僚までいるんです。そんな無責任なこと、僕には出来ない。でもそうやって無責任でも付き合ってやる男の方が、優しい人だと言われるわけですよ。正直……たまらないですよ、もう。今だってそうだ。なんで僕が、何もやってない僕がこそこそしなくちゃならないのか……彼女の前から逃げ出さないとならないのか、もううんざりなんです！　このままだと俺……彼女に対して何かしてしまいそうで恐いんですよ。目の前にいたら……殴りつけてしまうかも知れない……そうしたら世間は何と言いますか？　また俺のことをひどい奴だと……女を殴るなんて最低だ、そう言うに決まってるんだ！　なんでなんだ……畜生……」

女将は、話している内に興奮してしまった坪井の前に、飯茶碗にほんの一口盛った栗のおこわを置いた。

「はしりの山栗です。丹沢で、毎年他の木よりも少し早く実をつける山栗の木を見つけたんですよ。栽培している栗ではないので実は小さいですけれど、とても風味がよくて甘いんです。餅米《もちごめ》とうるちを混ぜたおこわですけど」

坪井は、毒気を抜かれたような顔で栗おこわを眺めていたが、やがて箸を割って勢いよく平らげた。

「旨《うま》い」

坪井の言葉には実感がこもっていた。

「この栗、信じられないくらい旨いですね」

「山栗は小さいけれど糖度が高くて、とてもとてもおいしいものなんです。でも競争が激しいので、なかなかいい状態のものを手に入れるのは難しいわ」

「女将さんは、山歩きしてこういうの探すんですか」

「お休みの日で、お天気が良くて、そして早起きができれば」

美鈴は微笑んで坪井の顔を見た。険のあった坪井の額が、やわらいで温かい色になる。

「坪井さん、開店前だから特別ね。今夜のしめくくりにお出しするつもりだったこれ、味見してくださる？」

美鈴は、小皿をまた、坪井の前に置いた。

「うわ、奇麗だなぁ。これ、ゼリーですか？」

「葛《くず》なの。吉野《よしの》の本葛だから、口に入れるとなんとも表現しようのない、いい気持ちになりますよ」

「中の赤いものは、さくらんぼ？」

「この季節にさくらんぼは無理」

美鈴は笑った。

「それが今夜のとっておきなの。ヤマボウシの実です。山に実る果物の中では最高においしいの。甘くて、とても優しい舌触り。これはね、山歩きが好きなお客さまが今日、届けて下さったの。有休をとって山梨の方まで山歩きに行ってらしたんですって」

坪井は、透明な葛のふるふると震える塊を口に入れ、うっとりとした顔になった。

「……本当だ。気持ちいい。なんだか……官能的だな」

「ゆべしも山栗もヤマボウシも、みんなお客さまが差し入れて下さったでしょう。わたし、今お料理をしながら、ああ、わたしはなんて幸せなんだろう、と思っていました。このお店を開いて、ただ趣味でやっているだけなのに、こんなにたくさんの人たちに愛していただけて、支えていただけて」

美鈴は、坪井の湯のみに新しい茶を注いだ。

「坪井さん……あなたはけっして間違ってはいないと思います。いい加減に受け止めて後で苦しめるくらいならば、最初から受けられないと断わるのも勇気ですよね。でも、人って、時々、自分が誰かに否定されたことが我慢出来なくなってしまうこともあるわ。たぶん、自分でもその感情を抑えることが出来なくて、苦しんでいるんだと思うけれど」

「どうしたらいいんでしょうか」

坪井は、熱い茶をすすって呟いた。

「どうしたら、わかってもらえるのかな……きっぱり話をしたとしても、また新しい恨みを買うかも知れない。かと言って同じ会社にいる以上、いつまでも逃げているわけにも行かない」

「ごめんなさいね……何もアドバイスしてあげられなくて」

「いや、いいんです……ゆべしに山栗にヤマボウシ、か。こういう食べ物って、心が落ち着きますね。どうしてなのかな」

「……穏《おだ》やかだから、でしょうね」

「穏やか？」

「ええ……味も香りも、とても穏やか。背伸びをしたり、奇をてらったり、そうやって頑張り過ぎてしまったお味って、おいしいけれど食べているうちに疲れてしまう。悲しくなったり、怒りたくなったり、イライラしたり、そういう時には穏やかな風味のものを食べるのがいちばん効果的なんですよ」

「ありがとうございました」

坪井は、立ち上がって頭を下げた。

「確かに俺……苛《いら》ついてましたね。あやうく、自分を見失うところだったのかも知れない。女将さんにご馳走してもらって、踏みとどまれました」

「それなら、よかった」

「仕事が終わったらまた寄ります。このヤマボウシも栗のおこわも、とっといて下さいよ、ぜったい」

「はいはい」

坪井は上着を手に、笑顔で店を出て行った。

その客には見覚えがなかった。今夜初めての客。

3

美鈴は、どうしても気が散りそうになる自分を戒《いまし》めながら包丁を握っていた。糸川ナミと雪弥とは、何時頃にやって来るのだろうか。中学生と初老の婦人、そんなに遅い時間のはずはないけれど。

七時を過ぎると、少し心配になって来る。糸川ナミが急に気を変えたのではないか。あるいは……雪弥が嫌だと言ったのではないか。ナミがどこまで雪弥に本当のこと、自分や晃一郎のことを雪弥に話してあるのかは、まるでわからない。何も話さず、ただ口実を設けて食事をしに来るだけなのかも知れないし、あるいは、自分を捨てた母親がこれだ、と見せに来るということなのかも。……ナミはそんな品性の下劣な人間ではない。美鈴は、人を疑い始めた自分自身の矮小《わいしょう》さを恥じて額の汗を拭った。

七時半。引き戸が開いた時、糸川ナミの顔がそこにあった。美鈴にはすぐにわかった。十数年振りに顔を見たのに。

そして、ナミの後ろから、驚くほど背の高い、今風に華奢《きゃしゃ》な少年が姿を現わした。

美鈴は言葉を失っていた。いらっしゃいませ、と口にすることすら出来なかった。目の前にいるその少年は、神様が意地悪をしたのかと思うほど、自分に似ていた。

一瞬で、あのパリの日々が甦った。

赤ん坊を背負って歩いた石畳の道が、目の前に続いているような気がした。ワインの瓶をぶら下げて遊びに来てくれた人たちの陽気な顔が、次から次へと現われては消えて行った。

だがそれも、時間にしてほんの数十秒の間のこと。

ナミと少年が椅子に座ると、美鈴はほとんど反射的におしぼりを開いて手渡していた。

少年は、おしぼりの熱さに驚いた目をして、それから笑った。

「熱いけど気持ちいいや」

声は、美鈴の想像していたような幼いものではなかった。変声期なのだ。その声で、美鈴は我にかえった。この子はもう、あの時の赤ん坊ではない。歳月の重さを懐かしさだけで忘れてしまうことなどは、出来ない。

「おまかせでお願いしますね」

ナミが言った。

「何かお嫌いなものはありますか？」

「ユーくん、あなた嫌いなものあるでしょう。先に言っておきなさい」

ナミに言われて少年は照れた顔で言う。

「えっと……タマネギと骨のある魚と、茄子かな」

自分の知らない雪弥。茄子が嫌いな、雪弥。

美鈴は楽しくなっていた。そう、こちらが予想した通りには何ひとつ運ばないのが人生なのだ。秋茄子だけは欠かせないと考えていた献立など、何も役に立たない。

美鈴は肩の力を抜き、いつもの調子に戻った。客に合わせ、流れに任せ、背伸びをせずに穏やかに。それが、今のわたしに出来ること。それだけが、今のわたしに、出来ることだから。

海老《えび》を揚げ、野菜を炒め、肉を焼く。いつもはあまり作らない料理がどんどん出来上がる。息子のためではなく、この店には珍しい、「若いお客さん」のために。もともと、自分はそうしたこと、客に合わせて手早く作ることが得意だったのだから、それでいい。

会話はあまりなかったが、雪弥は気持ちよくどんどんと食べた。これがはじめの一歩なら、幸せ過ぎるほどに幸せな、その一歩。

しめくくりの栗のおこわを、雪弥はお代わりしてくれた。約束を思い出して坪井の分だけおひつに残し、後は全部、雪弥のために盛ってやる。雪弥は笑顔で歓声をあげ、あっという間におこわを胃袋におさめてしまった。

「これでデザートになりますけれど、まだお腹が空いてらしたら何か見繕《みつくろ》い……あら、いらっしゃいませ」

引き戸が開いて坪井が現われた。

「昼間はどうも。約束通り来たからね、女将さん、あのヤマボウシ……」

坪井の表情が凍《こお》った。

その視線の先に、今日初めてのひとり客の姿があった。このばんざい屋では珍しくない、女性のひとり客。静かに数品を頼んで、梅酒のソーダ割りをちびりちびりと舐めていた、薄い化粧に物憂《ものう》げ気な視線の、その女性の姿が。

「ごめん、女将さん。また来るね」

坪井が後ろを向きかけた時、女性が叫んだ。

「逃げないでよ!」

店内の客たちの視線が、立ち上がった女性に注がれた。

「なんでこそこそ、逃げ回るのよ!」

「逃げてなんかいないよ」

「嘘よ！　あたしのこと避けてる。どうして？　あたし、ただもう一度ちゃんと話がしたいだけなのに、どうして？」

「何を話せばいいんだ」

坪井は、一瞬美鈴の顔を見て、それから諦めたように言った。

「俺にどうしろって言うんだ、これ以上。俺は君を女性として意識して好きにはなれない。今もそうだし、きっとこの先もずっと、好きにはなれないと思うよ。仕方がないことじゃないか？　友達でならばいられると思っていたけれど、それももう……無理だよ。これ以上、俺に出来ることはないんだ。はっきり言うよ。もうつきまとわないで欲しい。電話もやめてくれ。会社の中で、用もないのに俺の部署に来るのも困るし、それに、それに……もう……話し掛けられたくも、ないんだ」

坪井の声は揺れていた。

「……君のせいなんだよ。友達としては、嫌いじゃなかったのに。俺だって……残念だよ。こんなの……すごく、残念だよ……」

美鈴の目に、何か光るものが映った。千枚通し。立っている女の右手がいつのまにか握っていたもの。

女のからだが動き出す。

美鈴は、手にしていた醬油さしを、カウンターの上に放り投げた。

「きゃあっ!」

ありったけの声で美鈴は叫んだ。

「ごめんなさいっ、ど、どうしましょう!」

女の動きが止まり、女の目が坪井から離れて醬油びたしになったカウンターに、そしてそのカウンターからぽたぽたとこぼれて自分の足もとに滴《したた》り落ちている醬油にと移った。

美鈴は調理場から出てかがみこみ、女のスカートの裾《すそ》をおしぼりで撫《な》でた。

「すみません、まあどうしましょう、汚れませんでした?」

言いながら美鈴は顔を上げ、坪井に目配せした。坪井は気付いて、素早く店から出て行った。

「あら嫌だ、手の方にまではねてしまいました。ごめんなさいね、拭かせて下さいね」

女の右手の千枚通しをおしぼりで包み、そっとひく。千枚通しは、すっと女の掌からはずれて美鈴の手の中へと移った。

その時、女の目と、美鈴の目とが合った。

「……大丈夫です」

女が言った。

「……汚れて……いませんから」

女は、ゆっくりとした動作で椅子に戻った。美鈴はカウンターの上を掃除すると、新しい箸を女の前に置いて内側へと戻った。

出しそびれていたヤマボウシの葛仕立てを、ナミと雪弥の前にひとつずつ置く。だが今夜はその二人よりももっと、ヤマボウシを食べさせたい客がいる。

坪井の為にとってあった葛の菓子をもうひとつ冷蔵庫から取り出して、美鈴は、女の前に置いた。

女は黙って食べた。

すっかり食べ終わってから、訊いた。

「これ、何なんですか？」

「ヤマボウシという名前の、木の実です」

「……生まれて初めて、見ました」

「山のものですから」

美鈴は、女の前に熱くいれたほうじ茶を置いた。

「今頃はまだ少し早いですけれど、これから来月の半ば頃まで実ります。実もおいしいですけれど、花も、なかなか可愛らしいですよ。あのハナミズキ、ご存じですよね？」

「街路樹の、桜のあとに咲く?」

美鈴は頷いた。

「ええ。白やピンクや、とても華やかな花ですね。ヤマボウシはあのハナミズキの親戚なんです。花も、ハナミズキよりは地味ですが、よく似ています」

「でも街路樹にはしないんですね」

「庭木で植えておられるお宅はありますよ。ただとても大きな木になってしまい、花が高いところにつくので楽しめないんです」

「可哀想に」

女はふっと笑った。

「せっかく花が咲くのに、誰にも見てもらえないなんて」

「その代わり、あんなにおいしい実をつけます。ハナミズキにも実は成りますけど、食べられるようなものではないんです。花それぞれ、得手不得手がある、ということでしょうね」

「花が欲しい人にはハナミズキ」

女が呟いた。

「実が欲しい人にはヤマボウシ……」

「花は何も考えません」

美鈴は、女に向かって微笑んだ。

「考えなくてもいいんです。無理をしても、ハナミズキは甘い実をつけません」

「あの」

ナミの声がして、美鈴は二人のことを思い出した。

「そろそろお勘定《かんじょう》を」

店の外まで二人をおくって、美鈴はやっと、ナミに向かって頭を下げた。

「御無沙汰いたしました……おいでいただいて、本当にうれしゅうございました」

「こちらこそ」

ナミが、美鈴の手をとった。

「本当においしかったですよ……美鈴さん」

美鈴は喋ろうとしたが、不意に湧いて来た涙につまって声が出なかった。

「また寄らせていただきます」

ナミが言うと、少年も言った。

「僕も……来ていいですよね、これからも」

美鈴は、涙の粒を指先で受けながら、頷いた。

店に戻ると、女はぼんやりと前を見ながら、まだじっと座っていた。美鈴は常連客の相手をしながら、そっと女の前にコップ酒を置いた。

「……泣いてもいいんですか」

女が訊いた。美鈴は頷いた。

「残念だった」

女は笑った。

「ここ、とてもいいお店だから、常連になりたかったのに。でもあの人が来る店ならだめね。あたし、嫌われたから」

「お店はたくさんありますから」

美鈴は、自分のためにも一杯だけ、冷や酒を注いだ。

「きっと、もっといいお店が見つかりますよ」

「無理をしなくても？」

「ええ」

美鈴は、冷や酒をすすった。

「無理をしなくても」

＊

「それじゃ結局、ろくに雪弥くんと話もできなかったのか」

清水は、やれやれ、という顔で笑った。

「災難だったね」

「わたしは、かえって良かったと思っているの」

清水のコップにビールを注ぎながら、美鈴は肩をすくめて笑った。

「これからが長いんですもの……最初はバタバタして、何がなんだかわからなくて、それで丁度良かったのよ」

「まあそうかも知れない」

清水は、旨そうにビールを飲み干した。

「そんなものかも。でもその女の人、立ち直れるのかな。ストーカー行為って、一度やると癖になるらしいよ」

「わたしはカウンセラーじゃないし、あの人のためにしてあげられることは、醤油さしを投げ付けてあげることぐらいしかないわ。後は自分で闘わないとね」

「相思相愛なんて、やっぱり奇跡なんだね」

清水は二杯目を手酌した。

「どうしてそんな奇跡がこんなにいっぱい、世の中には起こるのかなあ。街を歩くとカップルばっかりでさ、何か間違ってないかい、って気分になることがあるよ」

「嫌ね、清水さん。そんな老《ふ》けた言い方」

「仕方ないよ。もう中年だもの、俺。三十六だよ」

「わたしの方が年上なのに」

美鈴は、唇を尖らせて見せた。

「どうせわたしは中年のおばさんです」

「だからいいんじゃないか、安心出来て。一日の終わりに、こんな中年のおじさんとおばさんがさ、こうやって差し向かいで酒飲んで。こういうのにずっと憧《あこが》れていたんだ、俺」

「夢が叶《かな》ったの？」

「そう、叶った。だからもうこれ以上の贅沢は、今は言わない」

「欲がないのね」

「それは違う。ただ気が長くなっただけさ。男は寿命が短いからね。七十五で死ぬとすればそろそろ半分だよ。人生の残り半分、あんまり慌てて駆け抜けたんじゃつまらないからさ。でもほら、あの約束は忘れないでね」

「あの約束？」

「ふたりで……京都に行こうっていつか言ったじゃない。新緑の季節に」

美鈴は、酒を唇につけたままで微笑んだ。

「新緑の季節じゃないと、だめ？」

美鈴の視線を、清水は眩しそうに瞬きして受け止める。

「あと半年以上も先だなんて」

清水は笑った。

「君はせっかちなんだね」

「だってわたし、まだ若いもの」

「だったら」

清水は、下を向いたままで言った。

「いつでもいいよ。雪の降る真冬でも紅葉がきれいな季節でも。君と一緒に行けるなら、いつだっていい」

「訊いてくれていいのよ」

美鈴が、囁くように言った。

「え？」

清水は顔を上げた。

美鈴は、清水の顔がとても好きだ、と思った。

「どうするつもりなのか……オルゴールの二重底の中のもの、どうするつもりなのかって」

「意地悪されそうだからさ」

清水はコップを掲げて、黄金《こがね》色の液体を覗き込んでいる。

「せっかく訊いたのに、君はとぼけて笑いそうだ」

「臆病なのね」

「恋してる時ってそんなもんでしょ？」

清水は笑った。

美鈴も、笑った。

そして言った。

「今日はとてもいろいろあって、とてもとても疲れたの。だから最後はね、あなたとこうして、二人きりでいられて、良かった」

清水が、美鈴を見た。

美鈴は、瞬きした。

「これからも、わたしとこうして、いてくれますか？」

「喜んで」

清水は言って、また手酌で酒を注いだ。

「素敵な一日だったよ、今日は」

「ほんとね」

美鈴も言って、コップの酒を唇につけた。

# 解　説――おそらく本書を読んだ方なら、僕の思いに深く頷かれるだろう。

池上冬樹《いけがみふゆき》（文芸評論家）

解説を書かせてほしい――。

そのように編集者や作家に頼むことはほとんどない。たいてい過去の書評に目を通した作家や編集者から依頼があるのであって、評論家が自ら進んで頼むことはあまりしない。しかし本書『ふたたびの虹』だけは、僕で良ければ書かせていただけないかと、自分から編集者に頼みこんだ。作者とは一面識もないし、とても迷惑な話かと思ったけれど、この作品だけは他の人に書かれるのは嫌だった。いや、そもそも作者のデビュー作『ＲＩＫＯ―女神《ヴィーナス》の永遠―』（一九九五年。第十五回横溝正史賞受賞作）についても、愛着があり、解説を書きたい気持ちがあった。だからまず少し余談になるが、『ＲＩＫＯ』の魅力を語らせてほしい。

いまでこそ人気もあり、評価も高いけれど、『RIKO』は出版当時、かならずしも好評一色ではなかった。むしろはっきり言って男性読者の反感が強かった気がする。ヒロインは性的放縦で、物語は煽情的かつ暴力的で、いくらなんでもやりすぎなのではないかという声が、男性読者から強くあがっていた。あんなヒロインには付き合いきれないと。しかしそれでも、〝面白いよ〟と評価する友人がいて、いつもだいたい好みがあうので読んでみたら、いやあ驚いた。二重の意味で驚いた。

まず、文体。いまでこそ電子メールの影響で、一行アキは当たり前になっているが、当時、断章構成ならまだしも、時間が経過もしていないのに一行アキをする文体は珍しかった。一行のアキをつくらず、粘り強く文章を続け、描写を重ねてこそはじめて「文体」といえるのであり、一行アキでブロックを作るやりかたは、もと文学青年の僕にはかなり抵抗があった。いやはっきり言おう。絶対に評価なんかしてやるものかという、何とも大人げない意気込みで読んでいったのだが、途中からその文体のリズムに魅せられた。いや、乗せられてしまった。新人の第一作なのに力強いのだ。一行アキで表面的にはぶつぶつと切れているように見えるけれど、行間に思いがつまり、場面的に十二分につながっている。一行アキは逆に文章の省略と感情の抑制のあらわれであり、空けずに進めていたら饒《じょう》舌《ぜっ》で息苦しく混沌とした印象を与えていただろう。つまり、ぎりぎりまで抑制した結果が、一行アキなのである。そのために叩きつけられる情念は鋭さを増し、読む者の胸に響く。文体を否定するつもりが、逆にこれもいいのではないかとすっかり肯定する気持ちになってしまった。

次にヒロインのキャラクターと物語。過去に上司との不倫、同僚たちからのレイプを経験し、現在は男性の部下、さらには交通課の婦警との情事を楽しむ緑子が、ホモセクシャルのレイプ事件を捜査する物語だが、彼女の行動力（いや破壊力といったほうがいいだろう）が凄《すさ》まじかった。ある男に〝愛している〟と言わせるくだりなど実にエモーショナルで、不覚にも涙がでそうになった。ここまでヒロインに汚れ役を演じさせ、同時に燦然《さんぜん》と輝かせることなどかつてなかった。海外作品でもきわめて珍しかった。僕は好んで、いわゆるハードボイルド、私立探偵小説や警察小説、またはクライム・ノヴェルを読んでいたが、『ＲＩＫＯ』はその意味で画期的だった。新しいスタイルの文体と、新しいヒロインの過激な物語だったからである。

また興味深かったのは、男性作家が描くハードボイルド・ヒーローと柴田が描く緑子の違いだ。男性作家のヒーローたちがしばしば制度からはみだし、組織（警察組織ややくざの組織）と戦い、法律制度を無視して私的正義を遂行しても、私生活のうえではストイシズムを発揮することが多い。ところが緑子はまるで逆なのだ。ハードボイルドのヒーローたちは、性的逸脱がなく、対女性関係においては労《いたわ》りをもち、優しく暴力などふるわないのに（それはたとえば大沢在昌の『新宿鮫』のヒーロー鮫島を思い出してほしい）、緑子は全くことなる。奔放《ほんぽう》で大胆で、性的にも社会的にも逸脱することをおそれない。しかもそんな無謀なヒロインが、読んでいるとなぜか颯爽《さっそう》としてくるから不思議だった。シリーズ二作目『聖母《マドンナ》の深き淵』と三作目『月神《ダイアナ》の浅き夢』では母性が強くなり、少し落ち着いた感じがして、若干の留保もあるが（その意味で番外篇の『聖なる黒夜』の展開が面白かったが）、とにかく緑子シリーズは国産ミステリでは警察小説と女性探偵もののなかで、ひとつの里程標となるだろう。

そのあと作者は、緑子シリーズのほかにも、炎都シリーズ（『炎都』『禍都』『遙都』ほか）などのファンタジー、猫探偵正太郎シリーズ（『ゆきの山荘の惨劇——猫探偵正太郎登場』『消える密室の殺人——猫探偵正太郎上京』ほか）などのコージー・ミステリ、R《リアル》・0《ゼロ》シリーズ（『ゆび』『0（ゼロ）』ほか）などの新感覚ホラーほか多数の作品を発表している。そのなかでは個人的にはやはりハードボイルドファンなのでソフトボイルドタッチの花咲慎一郎シリーズ（『フォー・ディア・ライフ』『フォー・ユア・プレジャー』）、単発だが、女性編集者の成長を描く『Ｍｉｓｓ　Ｙｏｕ』に愛着がある。しかし一冊だけあげろといわれたら、最初に戻るけれど、僕はためらうことなく本書『ふたたびの虹』をあげるだろう。

三年前、推理作家協会の長篇賞の予選委員をしているときに、遅ればせながら読んだのだが、こんなに繊細で豊かな季節感のある、そしてなかなか風流のある人情噺《ばなし》はそうあるものではないと思った。ずっと読みつづけたい心地よさがあった。

この小説は、丸の内のオフィス街の路地にある小料理屋「ばんざい屋」の女将《おかみ》と、店に集う客たちの人間模様を描いた恋愛&人情ミステリとでもいったらいいだろうか。クリスマス嫌いのOLの悩みを解決する「聖夜の憂鬱」、殺された常連客の行動を推測する「桜夢」、子供の毒殺未遂事件に迫る「愛で殺して」、〝パンダの茶碗〟の謎を探る「思い出ふた色」、時効の成立した殺人事件と花言葉をからめた「たんぽぽの言葉」、女将の秘められた半生が浮かび上がる「ふたたびの虹」と姉妹篇「あなたといられるなら」の七篇からなるが、基本的には、人にはいえない過去をもつ女将の吉永の半生が徐々に明かになり、最後に彼女の物語が前面に出てくる。女将と古道具屋の清水とのほのかな恋愛感情の醸成と行方も見どころのひとつで、その意味でも連作短篇というよりも長篇として読むべきだろう。

とりわけ、それまでサイド・ストーリーとしてほのめかされていた吉永の過去が後景からゆるやかに迫り出してくる呼吸が抜群である。静かに人生の全体像を形作り、人物たちの切実な感情を際立たせるのである。未読の読者の興趣をそぐのでいえないけれど、ラストの「あなたといられるなら」の情景がいい。危険ととなりあわせの男女のすれ違いを配しながら、肝心のドラマをごく自然に見せている。いやはや巧いものだ。

しかし忘れてならないのは、作品に登場する季節ごとの旬の素材とおいしそうな料理の数々だろう。具体的にあげていくと、かぼちゃの煮物、桜飯、ハモでダシをとった松茸の土瓶蒸し、柚子《ゆず》の香りがほんのりするきのこの和《あ》えもの、丹波《たんば》産の黒豆の枝豆、オオシマザクラの実からつくったさくらんぼのゼリー、たんぽぽの根のきんぴら、あざみの根の糠《ぬか》漬け、筍《たけのこ》と若布の炊き合わせ、きゅうりとジャコの酢の物、そばの実を煎《い》ったお茶、山栗のおこわ、ヤマボウシの実のゼリー……と次から次へと料理が出てくる。それも実にさりげなく、でもとてもおいしそうにだ！　たんに名前だけのこともあるけれど、物語の季節と場面場面に適した料理で、読むほうもついつい、〝ああ、うまそう！〟と食い意地がはってしまう（ということで、おいしい物の好きなみなさん、お薦めですよ）。

この小説を読んでいて、いささか突飛な連想にみえるかもしれないが（しかし小説ファンならかならずや賛成してくれるだろうが）、お話のなかにそのときどきの季節にあわせた小粋な食べ物を盛りこむ、池波正太郎の『鬼平犯科帳』を思い出してしまった。池波正太郎もうまそうに書きますからね（その意味で、鬼平ファンのみなさん、お薦めですよ）。

しかももうひとつ、女将の吉永の趣味が古道具の蒐集というのが面白い。といっても、百年以上はたっていて美術品としての価値や歴史的価値の加わったアンティーク（骨董品）ではなく、過去数十年の〝生活の過去〟をあらわす、その道具を使っていた人の顔が想像できるようなブロカント（古い道具や日用雑貨）のほうを熱心に集めている。器は、店で出す料理の盛りつけに利用しているので、おのずと料理と皿の組み合わせも語られることになる。いわゆる蘊蓄《うんちく》となるけれど、それが嫌らしくなく、ごく自然にブロカントの魅力、すなわち〝「自分よりずっと歳をとっている」皿や雑貨が、毎晩元気に働いている姿〟を伝えている。時を超えるものたちの素敵な表情を語っていて、いとおしくなる（ということで、骨董・古道具好きのみなさん、お薦めですよ）。

おそらく、この〝いとおしさ〟こそ、本書の最大の魅力ではないかと思う。折々の季節の情景をおりこんで、そのときどきの旬のものを食しながら、古い道具を目で愛《め》でながら、静かに流れる時間をゆっくりと慈《いつく》しむ。その時間を共有する人たちとの他愛のない、ゆるやかで優しい付き合いもいい。気に入った店で、気に入った人たちと、気に入った酒を飲み、食事をとりながら過ごす幸福感。いや、幸福と意識するほどのものではないかもしれないが、快い交流、ひとときの楽しい気晴らしが、なにものにも代えがたいものとして意識されるときがある（酒飲みの方ならわかるでしょう）。大事な家族や友人たちを思う熱い気持ちとはまた違うところで、店の主人や女将や常連たちが、いつまでもつつがなく過ごされんことを願ってしまう。そんないとおしさが、静かに心の裡《うち》を充たすのである。

ともかく、もしもあなたが食べることが好きで、お酒が好きで、居心地のいい居酒屋のひとつやふたつを知っていて、そこにいることが好きならば、本書はまちがいなくあなたの求める小説だろう。近年は熱心な書店員の方々の推薦で、意外な小品が読者の注目の的となっているけれど、本書もまたそのひとつに入るのではないか。だれが読んでもこの世界に惹《ひ》かれてしまう。心地よい満足感にひたることができる。

作者は、この連作を本書のみで終わらせているが、必ずやシリーズ化を求む声があがるだろう。こんなに居心地のいい、気持ちのいい、優しく温かな世界がそうあるものではない。「ばんざい屋」のモデルがあるなら、僕はそこに行き、酒を飲みたいと思う。しかし現実にないなら、せめて活字のうえで、いつまでも店を〝開けて〟おいてほしいと思う。一冊だけの、数時間で読めるような〝営業時間〟ではものたりないのである。何時間も、何日も続けて読めるような〝営業時間〟にしてほしい。シリーズにしてほしいのだ。

おそらく本書を読んだ方なら、僕の思いに深く頷かれるだろう。続々将来の〝常連〟が増えそうな気がする。そしていつかそんな〝常連〟たちと酒を飲みながら「ばんざい屋」シリーズの話でもしてみたいものだ。

（この作品は、平成十三年九月に小社から四六判で刊行されたものです）

一〇〇字書評

切り取り線

**購買動機**（新聞、雑誌名を記入するか、あるいは○をつけてください）

| | |
|---|---|
| □（　　　　　　　　）の広告を見て | |
| □（　　　　　　　　）の書評を見て | |
| □ 知人のすすめで | □ タイトルに惹かれて |
| □ カバーがよかったから | □ 内容が面白そうだから |
| □ 好きな作家だから | □ 好きな分野の本だから |

●最近、最も感銘を受けた作品名をお書きください

●あなたのお好きな作家名をお書きください

●その他、ご要望がありましたらお書きください

| | | | | | |
|---|---|---|---|---|---|
| 住所 | 〒 | | | | |
| 氏名 | | 職業 | | 年齢 | |
| Eメール | ※携帯には配信できません | | 新刊情報等のメール配信を希望する・しない | | |

## あなたにお願い

この本の感想を、編集部までお寄せいただけたらありがたく存じます。今後の企画の参考にさせていただきます。Eメールでも結構です。

いただいた「一〇〇字書評」は、新聞・雑誌等に紹介させていただくことがあります。その場合はお礼として特製図書カードを差し上げます。

前ページの原稿用紙に書評をお書きの上、切り取り、左記までお送り下さい。宛先の住所は不要です。

なお、ご記入いただいたお名前、ご住所等は、書評紹介の事前了解、謝礼のお届けのためだけに利用し、そのほかの目的のために利用することはありません。またそのデータを六カ月を超えて保管することもありませんので、ご安心ください。

〒一〇一―八七〇一
祥伝社文庫編集長　加藤　淳
〇三（三二六五）二〇八〇
bunko@shodensha.co.jp

祥伝社文庫

## 上質のエンターテインメントを！　珠玉のエスプリを！

祥伝社文庫は創刊15周年を迎える2000年を機に、ここに新たな宣言をいたします。いつの世にも変わらない価値観、つまり「豊かな心」「深い知恵」「大きな楽しみ」に満ちた作品を厳選し、次代を拓く書下ろし作品を大胆に起用し、読者の皆様の心に響く文庫を目指します。どうぞご意見、ご希望を編集部までお寄せくださるよう、お願いいたします。

2000年1月1日　　祥伝社文庫編集部


ふたたびの虹《にじ》　恋愛ミステリー

平成16年6月20日　初版第1刷発行
平成20年8月5日　第3刷発行

著者　柴田《しばた》よしき
発行者　深澤健一
発行所　祥《しょう》伝《でん》社《しゃ》
東京都千代田区神田神保町3-6-5
九段尚学ビル　〒101-8701
☎ 03(3265)2081(販売部)
☎ 03(3265)2080(編集部)
☎ 03(3265)3622(業務部)
印刷所　図書印刷
製本所　図書印刷





ISBN4-396-33165-7 C0193
祥伝社のホームページ・http://www.shodensha.co.jp/

# 祥伝社文庫

**柴田よしき　ゆび**

東京各地に〝指〟が出現する事件が続発。幻なのかトリックなのか？ やがて指は大量殺人を目論《もくろ》みだした。

**柴田よしき　0《ゼロ》**

10から0へ。日常に溢れるカウントダウンの数々が、一転、驚天動地の恐怖を生み出す新感覚ホラー！

**柴田よしき　R-0《リアル・ゼロ》 Amour《アムール》**

「愛」こそ殺戮の動機!? 不可解な三件のバラバラ殺人。さらに頻発する厄災とは？ 新展開の三部作開幕！

**柴田よしき　R-0《リアル・ゼロ》 Bête《ベト》 noire《ノワール》**

愛の行為の果ての猟奇殺人。女が男を嬲《なぶ》り殺しにする事件が続く。ハワイの口寄せの来日。三部作第二弾。

**柴田よしき　V《ヴィ》ヴィレッジの殺人**

女吸血鬼探偵・メグが美貌の青年捜しで戻った吸血鬼村で起きた絶対不可能殺人。メグの名推理はいかに!?

**柴田よしき　観覧車**

新井素子さんも涙！ 失踪した夫を待ち続ける女探偵・下澤唯。静かな感動を呼ぶ恋愛ミステリー。